世事·人情

第三版

中国好人

刀尔登 著

山西出版传媒集团　山西人民出版社

图书在版编目（CIP）数据

世事·人情 / 刀尔登著. -- 太原：山西人民出版社，2024. 8. -- ISBN 978-7-203-13439-8

Ⅰ. I267.1

中国国家版本馆 CIP 数据核字第 2024KF7132 号

**世事·人情**

| 著　　者：刀尔登 |
| 责任编辑：贾　娟 |
| 复　　审：李　鑫 |
| 终　　审：梁晋华 |
| 装帧设计：陆红强 |
| 出 版 者：山西出版传媒集团·山西人民出版社 |
| 地　　址：太原市建设南路 21 号 |
| 邮　　编：030012 |
| 发行营销：0351-4922220　4955996　4956039　4922127（传真） |
| 天猫官网：https://sxrmcbs.tmall.com　电话：0351-4922159 |
| E-mail：sxskcb@163.com　发行部 |
| 　　　　　sxskcb@126.com　总编室 |
| 网　　址：www.sxskcb.com |
| 经 销 者：山西出版传媒集团·山西人民出版社 |
| 承 印 厂：北京汇林印务有限公司 |
| 开　　本：870mm×1120mm　1/32 |
| 印　　张：9 |
| 字　　数：152 千字 |
| 版　　次：2024 年 8 月　第 1 版 |
| 印　　次：2024 年 8 月　第 1 次印刷 |
| 书　　号：ISBN 978-7-203-13439-8 |
| 定　　价：58.00 元 |

如有印装质量问题请与本社联系调换

# 第三版序言

这些年来，越来越觉得，道德的考察，不论是基于原则，还是基于对效果的计算，不论是针对人，还是针对行为，不论是针对行为，还是针对语言，不论是着重瞬间的决定，还是着重内心的力量，不论是对错，还是好坏，都要将一个人理应感知到的世界或社会的规模作为尺度。也就是说，一个人的行为结果的影响，或他所遵奉的原则的适用范围，不应是他所宣称或佯称的，而应是他从接受的教育及人生经验中所应知道的，他在日常生活中所实际地感知到的；他的世界有多大，取决于他享受到的每一件产品，习得并运用着的每一项知识，如此等等。他不能同时生活在两个伦理性的世界中，从其中的一个得到好处，然而在做道德决策时缩进另一个世界，以得到方便，再用群体主义或内群体外群体之类的说法为自己辩护。

这里谈论的是一种相当模糊的尺度，尤其，什么是"理应"，颇难定义，然而，假如我们还对作为主体的个人有一丝尊重（有人会觉得是苛责），假如我们对人类的未来怀有一丝信心（有人会觉得是对历史的误解），我们不得不在保有更广泛的同情的同时保有更坚定的判断。我们会同情那些被束缚在古旧的历史中，或无法接受良好的教育，或因其他的不幸被剥夺了进入更广大世界的机会的人们，我们也会识别另一些人的谎言和机会主义。

　　一个人，完全可以在狭小的领域内遵守流传自古的伦理标准，是个好丈夫，好邻居，好同事，不乱扔垃圾，向乞丐微笑，而同时在更广泛的，且其广泛性是他理应感知到的人类事务上，或鼓励偷窃，或赞同屠杀，或将自身置于一种制造可怕事件的机器中而丝毫不觉得愧疚；只是因为他宣称无法预知自己行为的全部后果，或者是那些后果发生在遥远的地方，他所不认识的人身上。一个人，明明生活在一个相当广阔的世界中，然而当他理应能够时，却逃避将自己的责任置于同样广阔的世界中，这样的人，是一个地地道道的坏人。

　　"予生也迟"不是在所有方面都是幸运的。享受现代或未来生活的越来越多的福祉，拥有越来越多的历史可供参考，同时，也将拥有越来越少的借口来做前人做过的一些事情。看起来同样的一件事，几十年前的人做了，或有些许可谅解之处，几十年后的人再来做，要比他们的祖父辈更愚且更恶，——在这里，愚和恶是同义词，因为愚是恶事先准备好的伪装。

# 目 录

贰 世事·人情

# 序

缪哲

　　读者眼前的，是刀尔登君近十年来文字的一选集。其中有为遣无聊而写的，有为逞狡狯而写的，但多数的篇目，则是谋稻粱。刀兄悬的标准高，为了混饭吃，不得不卑其笔；对平日的所作，颇不自重。得亏喜欢他文采的几个朋友的热心，这些散出于报刊的短文，才结作一书册的模样，不复局促于明星的花边、富贾的野史与鸿儒的阔论间。

　　我与刀兄是相知二十多年的老朋友。我们一起读大学，一起行走于某省的"南书房"，一起编报纸；在被人威胁夺下"五斗米"时，又"挂冠"而去，一道"回家再读书"了。刀兄的学问渊博，识见敏锐，这使他在不大的朋友圈或口碑圈里，成了受宠的人，与被惧怕的人；盖在刀兄的面前，我们未免显得愚蠢。他的天资，是旧友皆叹为不及的。记得我那一年高考，刀兄夺了鄙省的魁元；唯这一经历，成了他"平生最大的不体面事"，人说必掩耳。盖刀兄的性格,是羞与人争的——而高考无非争竞而已。这个性格,亦使他在今天的瓦釜之鸣里,自毁黄钟,不思所作。即使有思,也悬鹄太高;往往刚一开头,就拿心里的尺子——我每告诫他"那可是量莎士比亚或王国维的尺子呀,哥们儿"——量自己,而每量必气馁。故他的"有作",就"靡不有初""鲜克有终"了。收入这集里的文字,不过他棋酒的余事,或混饭的勾当而已。

即便如此,这集里的文字,也大有可观了。就自然的作品说,人不多见山,多涉水,是不可称某山高,某水广的。人的作品,也须比长量短,方知高下。刀兄写作的当今,是汉语史上最暗淡的一页。人们所知的词汇,似仅可描画人心的肤表,不足表精微,达幽曲。所用的句法,亦恹恹如冬蛇,殊无灵动态。名词只模糊地暗示,不精确地描述。动词患了偏瘫,无力使转句子。形容词、副词与小品词等,则如媄女的艳妆,虽欲掩,然适增本色的丑劣。刀兄的文字,则是出乎其时代的。他的名词有确义,动词能使转,小品词的淡妆,更弥增其颜色;至若句式,则如顽童甩的鞭子,波折而流转。故刀兄的友人们——包括我自己,都素重其文,称是"文明堕落的一阻力"。这或是爱屋及乌亦未可知。但人之得益于私谊者,是有时而尽的;人所主张与反对的,也有过时的日子。到了那天，人们评判文字的好坏，将不复以激情，以偏见，而仅以品质。刀兄的友人们于今天的感受，想那时必多共鸣的人。

语言与人心或文明的关系，是古来的老话题。霍尔姆斯论伊丽莎白朝的语言说："语言腐坏了。臭气还熏染了英国的良心。"这是以语言的腐败，为文明腐败的祸首。《礼记》称"天下无道，则辞有枝叶"，则又以语言的腐败，为世风腐败的一后果。奥威尔也称语言的愚蠢，为起于思想的愚蠢。则知语言与精神的好坏，虽不知孰为表，孰为里，然互为表里，是可得而言的。今天汉语的污浊，亦自为精神污浊的一表征。虽挽狂澜于既倒，是个人力不能胜的；但刀兄于驱遣文字时所表现的"洁癖"，亦自为精神之"骨气"的宣示或对文明之信仰的一宣示。在他的清峻的文字下，是思想的通脱。如这集里所论的，大都为古事；然所见每与我们听说的不同。常人论以道德、善恶者，刀兄则论以平恕。此即《红楼梦》所称的"人情练达，世事洞明"，——虽然刀兄对《红楼梦》一书，是素来鄙薄的。这个思想自周氏兄弟以来，即有人提倡之不遗余力，但今天我读刀兄的书，仍有孤明先发之感，由此也知我们思想的不长进了。

二十多年来，我与刀兄同居一城，衡宇相望，是颇感庆幸的。因我们所居的城市，粗鄙如"头曼"；可与语者，举目而寥寥。鱼之大幸，固是相忘于江海，但陆处于涸辙，也不得不欣喜有相濡以沫者。但我遗憾的是，刀兄不自惜其才，"市也婆娑"，精力多耗于游耍了。言毕不免"当奈公何"之感。

二〇〇八年末，于石家庄"数他人之宝斋"

零

——

刀尔登说今

# 我为什么不喜欢狗

有人把我派作鲁迅一党，我说非也，鲁迅是不喜欢猫的，而我不但喜欢猫，还因为狗与猫作对，把狗恨恨不已。我的不喜欢狗，很多朋友都知道，一同去乡下玩时，常有人叫道，那里有只狗呀！便是想挑拨我去和狗打架。城里的狗都不是好欺负的，因为每条狗都领着一个人，高低惹不起，只好偶尔去饭馆吃顿狗肉，聊抒快意。狗的样子我也不喜欢，小时候在山里见过一只狼，以为是狗，不知道害怕，现在想来，很是对不起，因为狼的脖子和尾巴分明是粗硬的，而进化为狗之后，都细软起来，以便摇头摆尾，哪里还有一点狼的样子。尤不喜的是乖而顺之的狗脾气。当然，这种脾气，也是人教给的，而且教学相长，人再重新从狗身上学过来，动不动就"上怀犬马恩"，眼眶也湿。不知道早先狗是怎么被改造过来的。现在店里卖的狗粮，至少是小康水平，但想当初，五十者才衣帛食肉，轮到狗头上，恐怕只剩下猪狗不食其余的东西，较之狼在山林里的伙食，远有不如。不过，毕竟是一份安稳饭，头顶上"嗟"的一声，面前就有吃的，在改造好的狗看来，已经是福气。明人陶宗仪的《辍耕录》里面讲，驿站里拉车的狗，口粮有"狗分例"，要是被人克减了，它们会反啮其主。这样的狗脾气倒讨人喜欢，不过日常里所听到见到的，全是克己奉主的故事，甚至有自愿饿死，以成狗节的。所以陶宗仪多半是在瞎编，别的不说，居然要"辍耕"，可见其不是什么良民。

现代人满耳是汽车喇叭声，所以作起诗来，不再说什么"无使尨也吠"，而是慨叹听不到鸡犬之声了。但我对狗叫有两种意见，第一是一犬吠形，百犬吠声，自己明明长着一双狗眼，却不用，偏偏听别狗的。我有几次夜间进到乡村，一点坏事没来得及做，忽然之间，就有上百只狗在黑暗里大叫不已。其实它们也只是瞎叫叫，互为声援而已，并不知道在叫什么。蜀犬吠日、粤犬吠雪，总还有点由头，像这样不明不白地以天下为狗任，实在是只有"狗脚朕"们才喜欢的脾气。我并不是反对狗叫，狗不叫，性乃迁；但西谚云："无论大狗小狗，都应该有自己的吠声。"

第二种意见是狗只讲恩属，不论是非，所谓桀犬吠尧是也。最坏的人，也可以有最好的狗，因为这"最好"者，标准只在于"吠非其主"。人有人道，狗有狗德，人被别人的狗咬死了，人们并不觉得那狗有什么不是。这虽然是犬监主义，未始也不是更多的人的立场。据说最好的狗，对主人最柔媚，永远夹着尾巴做狗，对不是主子的人毫无情面，不管高矮胖瘦，黑白妍媸，一概作势欲啮。假如这世上只有一个人，那还好办，但并不是这样，而且养狗的人也很多，走在这些人之间，犬牙交错，我们实在不知道是该怕人，还是怕狗。

喜欢狗的形貌，不妨算是人情之常，我不敢非议；喜欢狗德，在我看来，就有点不同寻常。在中国，"狗"是骂人的话，可见爱狗的人，对狗也是看不起的，至于赫胥黎声称愿意做达尔文的斗犬，齐白石有一方印上刻着"青藤门下走狗"，不过是比方而已。而我们爱猫的人就不是这样，以"猫"字加于人，并不觉得可恼，但也并不宣称要做猫。爱狗的人经常对我宣讲狗的种种用途，狗宝狗皮、引车救人之类，我同意，不过谁要是说这些事只有狗才能办，那我是说什么也不信。

临难狗免的事是没有的，倒霉的总先是狗；犬吠云中我也没听到过，呜咽一声死掉，倒是见过几次。所以若说"恨"狗，是不确的，其实只是憎厌而已。至于吃狗肉，因为它们毕竟是狗，不是人，人肉我是不吃的。而狗咬人，早已不是新闻了。

# 为什么不能拿农民开玩笑

我不喜欢牡丹，看到它的胖样子，就觉得有股俗气扑面而来；我也不喜欢梅花，看到它的瘦样子，就觉得有股酸气冲鼻欲入。——为什么说这个，而且把话说得这么难听？因为以后可能说不成了。

不出今年，或者牡丹，或者梅花，或者两个一起，就要被定为"国花"。我现在这般挖苦，至多是口齿轻薄；以后再这么说，没准儿罪在亵渎。现在胡说八道一番，拥戴牡丹或梅花的人听了，心里虽不高兴，也奈何我不得；以后呢，人家眼里寒光一现，我就要吓得闭嘴——国花呀！大概不会有相关法律禁止侮辱国花，不过就算如此，我也自会小心：瞧，世界上不能批评、不能拿来开玩笑、惹不起之物，又添两种了。

其实，我并不是真的不喜欢牡丹和梅花。之所以要挖苦它们，主要是我实在不喜欢有些人的一种脾气，那就是，他喜欢的，不许别人冒犯；他敬重的，不许别人轻视。

自结成社会以来，在意见纷殊的众人之间，只有一种真实的状态，那就是妥协。

我种了一园芍药，邻人种了半亩牡丹，如果要相安无事，第一，彼此管管自己的嘴巴，不要把对方挖苦过甚；第二，对对方一般性质的异议，要能忍受，不要摆出惹不起的架势。两条缺一，都得打起来。

所以，不要对一切异己都是一通批评，而要将这种批评的权利保留起来，以图和睦。

说到这，我要再次恭维中国社会的世俗性质。吴承恩写的《西游记》，对释道二氏都没有毕恭毕敬，开玩笑的话很是说了几句，但没听说斯人斯书受过什么打击，这样一种宽容的姿态，使释道这两种信仰，同主流社会以及彼此之间，经历千年仍能和平共处。

但我们的春节联欢晚会刚播完，却就有了一片批评之声，指责有节目"拿农民开玩笑"。这真是让人没办法。为什么就不能拿农民开玩笑呢？为什么？到底为什么呢？谁能讲明其中的道理吗？

举而反之，推而广之，能拿工人开玩笑吗？能拿学生开玩笑吗？能拿……能拿任何群体开玩笑吗？能拿任何个人开玩笑吗？最后，还能开玩笑吗？

我拿我的道理同一位前辈争论，他一时无话，半闭了一会儿眼睛，说："那就不能什么玩笑也不开吗？"我说不能，否则便成严峻的社会，遍地禁忌，动辄得咎，我不知道有谁喜欢这样的日子。

其实，"随便说说"的阀门一旦被关，真正的恶意反而要在心里酝酿。

据我接触，农民在各阶层中是最豁达的，他们的玩笑，对什么都开，时常会让外人吓一跳。我也不曾发现，他们认为自己因其劳作而变得神圣不可冒犯，享有"不被开玩笑权"。

"春晚"的一位批评者质问："为什么农民会在城里人眼里显得可笑？"——有谁听得懂他在问什么吗？我是听不懂的，或者说，这么上纲上线地问问题，我宁可装听不懂。在重农的古代，或在"工农兵学商"的时代，农民的"精神地位"是非常高的，不妨问一问上了年纪的农民，他们因此而怀念彼时吗？

通常，拿富人开玩笑都无妨，拿穷人开玩笑往往招非议，因为人的境遇好了，就不用再那么敏感了。我这么说，可能要被批评为贬低穷人，但是，哪里又有规定，说人穷了就批评不得呢？

再回到"国花"上，"国花"有也罢没也罢，本来都不是什么大事。只是不要一日被选为国花，便俨然正房。少看一眼是不敬，多看一眼是亵渎，那样，大家只好去看芍药了。

# 家有小学生

我家的三年级小学生下课回来，眉飞色舞地报告："今天我们班选三好学生，有三个人选我哩。"

我心里想这样的傻瓜全国也不过四五个，居然有三个和你同班，也是一奇。但嘴里还是说："好小子！这儿是四块钱，一块钱是给你的，三块钱是给他们的。"

恰好一个朋友在我家做客，看到这个情景，脸一下子就绿了。儿子又拿出一张考试卷，挣到两块钱。朋友的眼睛鼓了出来。然后儿子下楼去玩，走时带上垃圾袋，又赚了五角钱。这时，我的朋友已经快昏过去了。等小学生一离开，他喘出一口气，语无伦次地说："你还不如把他送到孤儿院去。"

我们就这个问题讨论了一会儿。我承认我的教育方针未必得当，不过，我也不能接受他的办法。他的女儿是严格按照各种规范、守则、礼仪培养出来的，是远近闻名的小君子。有一次我到他家，小姑娘送上一盘水果，说："先生吃大的，园园吃小的。"我心里说："哦，这个小伪君子。"

我也研究过新版的《小学生日常行为规范》和《小学生守则》。那里面的内容真的很好，很全面。有些条目，如"不吸烟，不喝酒，不赌博，远离毒品"，我本来就没想起来，幸亏阅读了《规范》，才加到对儿子的教育内容中去。

有些条目我知道怎么实现，如"不逃学"，我可以用罚款的办法来促使他遵守；有些条目，会有别人用罚款的办法来促使他遵守，如"不在建筑物和文物古迹上涂抹刻画"。经过朋友的劝说，现在我承认罚款不是好办法，应该讲道理，如有一条是"在公共场所不拥挤，礼让他人"，对此我应该告诉他："你想被踩死吗？"这是非常有说服力的。

但确实有些事我不知道该怎么办。如《小学生日常行为规范》里面的"关心父母身体健康"，合乎古训，我非常希望儿子能做到，可怎么实现呢？我给他看过《二十四孝图》，他对鲤鱼跃出的故事有些兴趣，却说别的人物"变态"，我该怎么讲解？我的妻子感冒了，吃早饭时连打了四个喷嚏，儿子顿时乐不可支，我该批评他吗？

而父母最大的难处，任何守则或规范里面都没写。我们，与许多父母一样，既希望孩子能是个好人，又希望他有好的前程。也就是说，既希望他是个正直的人，又希望他在社会中成功。而以现在的情形，或可以预见的将来看，这多少有些矛盾。

上个月，儿子要我们"买荔枝，多多的"。他一向不喜欢荔枝，我和妻子自然要问是怎么回事。原来，他的班主任要过生日，而几天前，她曾偶尔谈到最喜欢的水果是荔枝。我非常不喜欢让孩子做这种事，老师过生日而学生讨好，这种事让我厌恶。但我们应该怎么指导他？

与此相类的事，以后还会有很多。成年人懂得分寸，懂得哪些事需要固守，哪些事可以通融，既可不失原则，也能保持人际关系的润滑，而孩子不可能理解这些。他一直不喜欢这位班主任，但我们并不能因此就要他什么也不送，那样直则直矣，危亦在其中也。我只好建议："估计你的班主任会收到大量的荔枝，所以，你也许该送点别的，比如……一盒庆大霉素？"这个主意没被采纳，最后他按照母亲的建议，送了一张卡片。

既不想让他长成个骗子，又不想让他成为与别人格格不入的"狷"者。《老子》里面讲的"方而不割，廉而不刿，直而不肆，光而不耀"，那是非常好的境界。不过但凡写进《老子》的，那肯定是做不到的事，何况对一个孩子！

我觉得他学到了好多虚伪的东西，却不知如何纠正。

纠正而不趋于另一端，是很难的事。我不反对儿子学一点虚伪之术，不过我想，对此他将来也许会有非常多的机会。上小学三年级的时候，还是先学诚实比较好。

前几天我看到他写的作文，叫《国庆游记》，里面有大量的溢美之词，无论是对路旁的风光，还是对他自己的幸福感。而他描写的那个地方，我简直就没去过。他洋洋洒洒地写："拐过去我就看见了大瀑布，真是'飞流直下三千尺，疑是银河落九天'啊！"我也看见过那个所谓的"瀑布"，比我高一头，用来淋浴倒正好。而语文老师在这一行浓圈密点，批云："贴切！"我还能说什么？随他"直下三千尺"去吧。

我承认我的一些教育办法也不怎么样，但我有时"反着干"的理由只是想让孩子知道，除了正规的教育，世界上还有各种见解、各种行为。也许这给三年级小学生出了太多的难题，所以我已经着手纠正自己，比如我不再给他"工资"和"奖金"。而对他已经积攒起来的过多的资金，也开始陆续清理：我和他打扑克，把他的钱一点点赢回来。

# 嘲笑链

关于人有许多定义，其中一个说，人是会笑的动物。这个定义被二十世纪孜孜不倦的科学家动摇了，据他们的研究，另一些灵长类动物也有笑的表情。我则发现，猫也会笑。所以更可靠的说法可能是，人是唯一会"嘲笑"的动物。

处在"嘲笑链"底层的是"乡下人"。北京的小学生鲜衣怒马地下乡"同吃同住"，回来后最长久的话题是乡下孩子的种种"好玩"举止。但一般而言，城里人来到乡下，一来是客，二是原本就是要欣赏更"低"的东西，所以并不怎么嘲笑，不但不嘲笑，还赞美兼以鼓励；可如果陈奂生进城，便像入侵一般，立即成为城里人嘲笑的对象。我不知道民工之类的人受到过多少伤害，以我的想象，他们会一边在回乡后，嘲笑城里人"将长凳称为条凳，而且煎鱼用葱丝"，一边怀恨在心，另外准备奋斗，获得这一种更高的嘲笑资格。这种奋斗可能难有尽头，因为在城里，人们还是一级一级地嘲笑着；而且不同的城市的人们，也彼此嘲笑，石家庄人嘲笑保定人，北京人嘲笑石家庄人，上海人嘲笑北京人，全国人共同嘲笑上海人，因为上海人几乎处在"嘲笑链"的顶层，不如此不能对付他们。不过，如果说广东的土财主、深圳的资本家，尚不足以动摇上海人的信心，香港之回家，可有点让上海人坐不稳了，——不过还不至于从椅子上跌下来，因为他们发现自己比人"有文化"。

高级人士一到西方，又马上处于不妙境地。不论在清朝，还是在二十一世纪，出国考察的官员成为许多笑话的主角。在中国为文化先锋者，负笈西洋，第一件事就是发现自己还得重新奋斗，不仅仅是在经济和社会地位上，还在"格调"上。当然怀抱着"五千年文明"的中国人，不会缺少反击的法宝，自己人在一起时，少不得嘲笑"老外"的各种不聪明，但聚会一散，各自泄气，还得去研读"中产阶级入门"。受了这种鸟气，一个不可低估的补偿是，回国时，口气便可以完全不同了。

有一种稳固的嘲笑链是反向的，学者会说，那是对阶层感的一种调整。不过，嘲笑归嘲笑，脚下仍要赶紧。不能说人嘲笑什么，就都渴望什么，但不少时候确实如此。愿意不愿意冒做可笑人物的风险，与是否"成功"大有关系。

在《儒林外史》里，匡超人从乡下上杭州，遇见景兰江，请教"开的是什么宝店"，为什么开店还要看书。景兰江劈头盖脸地说："你道这书单是戴头巾做秀才的会看么？我杭城多少名士都是不讲八股的。"匡超人又是惭愧，又是景仰，连夜便看"诗法入门"。后来听潘三说"这一班人是有名的呆子"，"见识"自又长了一层。等到他中了举，待选内廷教习，再见到景兰江时，连茶楼也不愿去，非要到酒楼上，才说：

不然！不然！我们在里面也和衙门一般，公座、朱墨、笔砚，摆得停当，我早上进去，升了公座，那学生送书上来，我只把那日子用朱笔一点，他就下去了，学生都是荫袭的三品以上的大人，出来就是督、抚、提、镇，都在我面前磕头。像这国子监的祭酒，是我的老师，他就是现任中堂的儿子，中堂是太老师。前日太老师有病，满朝问安的官都不见，单只请我进去，坐在床沿上，谈了一会出来。

# 被小学生批判过的

一九七一年我上小学，读到一九七六年，这个时期正是"十年"的后一半。在这几年里，我和全国别的小学生一样，写过，现在看来是很多的，批判文字。那时的作文，常常是"彻底批倒批臭'读书无用论'"一类，题目出下来，我们就哗哗地削铅笔，动手写一篇两百字的文章，把"读书无用论"批倒批臭。开始写不了这样长，只能用几十个字，来把随便什么批倒批臭。到十岁时我已经相当熟练了，不论你交给我什么东西来批判，我都能很自信地把它批倒批臭。除了作文，所有成文的东西，决心书、倡议书、慰问信、检查……除了请假条之外，所必不可少的内容，一是颂圣，另一样就是批一点儿什么，至于批什么，得看当时的流行。比如上面说的批"读书无用论"，是二十世纪七十年代初的事，如果你提早几年批它，那就该倒霉了。

我的批判生涯不是从批刘开始，而是从"批林整风"开始。批刘时我还太小，只能观摩。当然，不管什么时候，批刘都是家常程序，你在文章中放几句骂"叛徒内奸工贼"的话，一般不会错。"批林整风"之后，就是"批林批孔"，这才到了我有用武之地的时候，因为我已经上到三四年级了，很有本领，写得出有头有尾的作文。然后是"评《水浒》批宋江"，"评法批儒"，批"右倾翻案风"，这中间还批过"回潮"，批过"师道尊严"，还有永远在批的"苏修美帝"，以及种种数不清而我已经忘记的东西。有时还会要你批一本书，比如《青春之歌》，但和批《水浒》不同，在批判之前并不让你看《青春之歌》，因为你的"鉴别能力"还差，弄得不好，看过之后，不但批不出，自己先中毒了。这是件挺奇怪的事，因为中国人的鉴别能力总是如此地被低估，而批判能力又总是如此地被高估。直到现在也是这样，所有要你批判的东西，差不多都不让你看。

我印象较深的是"评《水浒》批宋江"和"评法批儒"。《水浒》我看得非常起劲儿，批得也很起劲儿。这又是一件怪事，但当时并不觉得，当时已经"习惯了"。一九七五年我订了上海的《学习与批判》和《朝霞》，后来这两本杂志被宣布为毒草，——那时的出版物分为两种，一种是毒草，一种虽然暂时还不是毒草，不过早晚也会是的。我看《学习与批判》时它还是香花，很多人揣摩它，不过所谓"学习"，就是学习"批判"的技术。这已经是有点高深的程度，因为多数人多数时候并不需要特别地学习，——你只需要批判。当然在批判中你也能学到东西，比如我就学会了使用"扈从国"这样的难字眼儿，虽然我不认识那个"扈"字。《水浒》里有一个姓它的女将，会用绳子像套马一样套人，我崇拜过她几年，但还是不会念那个字。一九七五年前后我读了一些先秦子书，语孟荀韩之属，但后来都得重读，而且要多花功夫来清除以前的印象，因为以前那个时候不但什么也读不懂，还尽把人家的意思往歪里想。总之，虽然也学到了一点东西，但我一点也不感谢那时的批判生涯，我绝不会认为如果没有"大批判"，我就再没机会学会那些东西；我也绝不会因为我很早学会了说"扈从国"，就感谢那种经历，不然我就成了某种贱坯，被当狗一样看待，还面有喜色，觉得自己爬得很好看。我说"被当狗一样看待"并不过分，因为只有狗，才是你要它咬谁它就咬谁，我们也只是对狗，才会简单地说："老黄，咬！"——用不着告诉狗它为什么要咬那个人，也用不着让狗事先了解那个人，考虑一下对方是否有该被咬的道理。

我没有批判，准确点儿说，"批斗"过人，无论是地主还是教师，都没有落到过我的手里。因为我上小学的那个地方，人还厚道，不像有的地方，或二十世纪六十年代后期那样，动辄把活生生的人拉到前面去"供批判用"。不过我们那时已经做好批斗别人的思想准备，像自动机器一样，只要你站在前面，弯下腰，不论你是什么人，哪怕你是在系鞋带儿，我们都会立即批斗你。在"反潮流"的时候，我很想批判我的班主任，因为我不过旷了一节课，他却把我"批判"了足足两节课。但只是想一想，没有敢实践，因为我们那个地方"师道尊严"很厉害，按我当时的看法，和全国的形势，或我从《朝霞》之类的杂志和电影里看来的"形势"比，是很落后于革命的。有一次在被他教训时，我想起那些故事，想象着我也冲上前去，通体发亮，眼睛上闪着高光，大声宣布出他的错误，他一下子就灰溜溜了。这样的想象让我激动得不能自持，身体颤抖，血液沸腾。这位姓刘的老师看出我没有认真听他的教训，把我臭骂了一顿，我才清醒过来，虽然还在发抖，却是因为怕他。如果我非得感谢点什么，那我就感谢这位刘老师吧，或者谢天谢地，没叫我赶上批斗活人，这样，我那些批判文字，伤害的就只是自己了。无论我批判孔孟，或是批判美国的什么人，或是批判虽在中国而远离我十万八千里的什么人，他们对我的批判毫无所知，都活得好好的，或死得好好的，或虽然活得不好，却和我毫无关系，而我的批判不过是伤害自己而已。

现在我们来看看这些伤害在什么地方。把某样东西宣布为"臭"，和要你自己动手把它"批臭"，这里面的区别很深。把孩子召集起来，告诉他们太阳绕着地球转，或达尔文是猴子，这不过是谬见的强迫教育。而要孩子自己动手来证明达尔文是猴子，得逼着他发动全部的恶意，抛弃对同类的所有同情心，蔑视一切他已知和未知的逻辑，把对事实的任何敬意踩到泥淖里去。前一种是对羊的训练，后一种兼有对狼的训练。前一种训练出来的是食物，后一种训练出来的，除了做食物，还会为主人捕食。对知道达尔文不是猴子的成年人来说，去批判达尔文是猴子，要先对自己进行无耻训练；对孩子来说，没有这种痛苦，而更坏的却是，他将不知道这里面有羞耻。对小学生，或任何对该对象无知的人来说，去批判一种对象，很像是一种轻松的游戏，在里面人们可以获得一种运用无知的暴力快感。你有本事是吗？我用一句"他妈的"就可以打倒你；管它是多少人殚精竭虑才产生的一点思想，我照样可以看不起它。理由？不需要理由！——这才是要义所在。慢慢地就养成了习惯，习惯于不讲道理，习惯于说谎，编造是非，习惯于把别人往坏里琢磨，习惯于依赖愚昧，并从愚昧中发现力量，体验到快乐。田间地头学哲学，工人阶级上讲台，在这种"游戏"里，受伤害的绝不是知识传统本身，而是我们。

到今天，我看到一些念过书的人拿起什么事来都敢胡说，我怀疑他们和我一样，也是"批判"着过来的。

我批过个人主义，现在则以个人主义者自居；我批过自由主义，现在别人说我是自由主义；我批过经验主义，曾一直以为那是反对施用化肥的一种学说；我批过实用主义，很多年后才奇哉怪也地发现杜威原来不姓杜。我批判过指不胜屈的各种主义，这里边的一半，现在我也不很了然，另一半主义，后来花过很多时间来"学习"。被我咒骂过的人，很多是比我现在好得多的人，在那时他们在我眼里不是人；被我咒骂过的理论，许多是我现在也不能完全理解的，而那时它们在我眼里不过是"对象"。说到这里，有人可能误解，以为我要"忏悔"点什么。对不起，小学生是不需要忏悔的。需要忏悔的不是我。当然我需要提防自己，提防早年教育在我身上的某些影子，不过，真正让我觉得遗憾的是，到了今天，我还看到人们在接受这样的训练，有些人是被动的，有些人却偏要"自学成才"，我不知道哪一种更让我遗憾些。

# 壹

---

中国好人·中国坏人

## 朱厚照：童话皇帝

旧史中有趣的事不多，一旦遇到，哪里舍得再板起脸来读？如明朝的正德皇帝朱厚照，若观其政，自然要皱眉头，若论其人，只好微笑。贪玩的年轻皇帝，代有其人，但花样百出如他这样的，前无古人，后无来者。

说前无古人，只成立一半。南朝刘宋的后废帝刘昱，在某些方面，可算明武宗的先鞭。单看这位小皇帝最后一天的日程，便知道他的作风：先是微行出北湖，匹马先走，羽仪不及；随从张五儿的马掉到湖里去了，刘昱大怒，自己动手把那匹马刺死，又屠割之来出气。接下来在一个叫蛮冈的地方比赛跳远，然后闯到一所尼寺去，详情不明。晚上，去新安寺偷狗，到昙度道人那里把狗煮来喝酒。夜里回宫，饮酒至大醉，遂在醉梦中被人杀死了。

正德有刘昱的滑稽，但没有他的残暴。正德脾气是不错的，被人冒犯了，从不大生气。在明朝，这样好性子的皇帝可没几位。他的性格，只是童心太盛，做太子时，贪玩的名声已经远播，等十五岁上做了皇帝，更觉手脚伸展，于是今天到西海擎鹰搏兔，明天上南城攀险登高，还在宫中演武，火炮声响彻昼夜，士民听到，无不变色。

正德的故事流传很多，只说他三件事。第一件是热爱旅游，起先是在京城微服出行，时常单骑远出，满山遍野地乱跑。把附近的景致玩遍之后，又要出远门。在近处逸游，臣下尚要唠叨不休，每一出格，谏疏雪片般飞来，哪里能够容他到远处乱跑？正德便琢磨偷偷溜掉。某年的八月初一，他起个大早，趁天未亮，带上亲信，徒步出宫，溜出德胜门，一路北行。走得累了，在路上雇了大车，奔向昌平。群臣上朝，等了小半日，知道皇帝失踪，飞马来追，在沙河将他赶上。正德不听劝阻，继续北上，在居庸关被巡关御史张钦执剑挡回。在宫中装了几天老实后，他又一次溜掉，这次计划周详，又赶上张钦出巡在外，正德顺利地闯出居庸关，玩到第二年才回来。

从这次开始，他在外面的日子多，在京里的日子少。常年住在宣府，号称"家里"，臣子请旨，只好去宣化，什么事都要耽搁，那是不用说的了。便回京时，他也不回宫，住在豹房，那是他登基的第二年，在西华门内造的大宅子，留做逃避之用。

第二件是爱打仗。有一次蒙古的小王子犯边，正巧他在山西阳和，不畏反喜，自将兵迎战。小王子之来，只是例行骚扰，没有发生什么激烈的战斗，双方伤亡，合在一起不足百人，但毕竟让正德过了回瘾。

几年后宁王朱宸濠造反。这是惊天动地的大事，但正德的反应不是愤怒，而是欢喜不胜。理所当然，他要御驾亲征。这一次他师出有名，群臣自然是无话可劝。可惜刚走到涿州，消息传来，叛乱已被王阳明等平定。正德好不扫兴，便压下捷报，继续"南征"。他想让王阳明把捉到手的叛王朱宸濠释放回鄱阳湖，由他自己率兵，再战一场。

我们时常听说什么人拿什么事为儿戏。像正德这样，能拿所有的事——包括造反这样的大事——为儿戏的，哪里还有第二人？

王阳明好不容易捉到朱宸濠，放是不肯放的。后来君臣妥协，在南京把朱宸濠放到一个大广场中，正德以威武大将军的身份，全盔全甲，威风凛凛，动手把朱宸濠再捉了一遍，捆绑起来，自己向自己献俘。可怜朱宸濠，造了一回反，倒被捉了两次。

第三件事也匪夷所思。他"南征"到扬州时，不知听了什么人的主意，下令禁止民间宰猪养猪：

> 照得养豕宰猪，固寻常通事，但当爵本命，又姓字异音同。况食之随生疮疾，深为未便。为此省谕地方，除牛羊等不禁外，既将豕牲不许喂养，及易卖宰杀。

正德属猪，又姓朱，所以要禁止养猪。此令一出，天下骚扰，百姓只好将猪杀掉，或贱价抛卖，或做成腌肉藏起来。大臣杨廷和后来上过一篇一本正经的《请免禁杀猪疏》。正德的禁令，与此疏对读，更显有趣。

正德虽然怪，但一不疯，二不傻。所以怀疑他的胡闹，至少一部分是有意为之。禁猪的荒诞，如果说他不太可能意识不到，便可能是故意捣乱。他的一些极端举动，如放着皇帝不做而要做将军、公爵、法王，如他听到直谏，会假装要举刀自刎，以此撒赖，如他亲自做强盗去抢人，一半出自童心，一半出自烦闷；一半出自性格，一半出自观念。

他的臣下显然完全无法理解这位君主的心思。杨廷和只好叹气："事之不经，名之不正，言之不顺，一至于此，自古及今，未之有也。"群臣只好继续拿大义来劝皇帝，而没有意识到皇帝恰恰是被大义和责任逼反。既然做不到尽去人欲，尽守祖训，尽合大义，索性破罐子破摔，还落得个响儿。

常常疑惑的是，伴着这么一位君主，那时的臣子，难道除了发愁，就不大笑吗？依人之常情，笑是一定要笑的，只是不敢形诸笔墨，所以我们今天见到的史料，只是一位怪诞的皇帝，和一群愁眉苦脸的臣子。

# 张巡：天下只有一个是

什么事是以任何借口都不能做的？或者，有没有无论如何也不能做的事？孟子说："行一不义，杀一不辜而得天下，皆不为也。"可惜不曾仔细讨论，而且行不义与杀不辜并举，降低了这个命题的意义。再说，孟子也讲权变，这一主张在他的道德体系中到底居何位置，不能确知。

唐代张巡，是极有名的忠臣烈士。安史之乱，张巡固守睢阳，城破被执，骂贼而死。他的故事人人皆知，不用多说。这样一位大忠臣，乱后议封赠时，居然有争论。原来张巡守城，粮草断绝，连老鼠都吃光了，士气低落。这时张巡杀死自己的妾，把她的肉分给将士吃。以此为开端，先以城中妇女为食，食尽，则食老幼，共食三万人。城破时，百姓只剩下四百余人。许多名士纷纷请求表彰张巡，这种意见终于占了上风，张巡被追赠为大都督，立祠祭祀。至于食人一节，李翰在《张巡中丞传》中说，食人是不好的，但既非本意，且"仓黄之罪轻，复兴之功重"，——食人过小，守城功大，人无完人，不要求全责备。这便是历代的主流意见。至于杀妾及食人一节，毕竟是不太好的事，连舌长如韩愈者，在给《张中丞传》作的序文中也觉难以为言，干脆略过不提。《新唐书》的传文，也只提杀妾食妾，不提食尽城中妇孺，大概是作者觉得，妾是自家人，杀也罢吃也罢，近于以私奉公，无可厚非。

　　中国式的道德观是一张价值表，排在高处的，可以压过低处的，如果最高的一条不是"不得以人为手段"，那么，有太多的名义，顺手拈来，便可用来杀人。古代杀妻、食子之类的事，代不绝书。杀妾犒军，在张巡之前，便有三国时的臧洪，之后又有金国的乌古论黑汉。汉末有一个叫管秋阳的人，和弟弟及一个同伴，三人出行，粮绝，与弟弟共杀同伴，食而得活。孔融议论说，管秋阳爱先人遗体（自己的身体，先人所遗，爱惜是谓孝），吃同伴不算错，反正这人又不是什么至交好友，那么，不过如"鸟兽而能言耳"。——孔融好为偏激之论，但他的主张，用传统的语言，竟难以驳倒。俗谚说"两人不看井，三人不出门"，信矣。您想啊，只要两个人一商量，就拥有了多数的名义。鲁迅说翻开历史一查，满本都写着两个字"吃人"。幸好我们还可以在历史中找到另一种议论，如金朝的王若虚，与人论张巡事，人问杀人"为己不可，为国何害"，王若虚说："为己与为国等耳，天下只有一个是。"人又说"图大事者不顾其小"，王若虚说："守城之事小，食人之事大。"其他如王通说的"不以天下易一夫之命"，王夫之所说的"无论城之存亡也，无论身之生死也，所必不可者，人相食也"，袁枚说的残忍的原因纵然不同，残忍总是残忍，正是这些议论，使人读史时仍存一些信心。

清代王士禛，讲过一个鬼故事，说的是张巡妾的后身向张巡的后身索命。值得注意的，是她在故事里说出这样一句话："君为忠臣，吾有何罪？"读此知人的同情心，虽经千年碾磨，终于不灭。不过纪晓岚又反驳说："古来忠臣仗节，覆宗族，糜妻子者，不知凡几，使人人索命，天地间无纲常矣。"——一点错也没有，本来就是那样。

明代有一部戏曲，叫《双忠记》，须读此剧，才知如何"仗义杀人"。剧中张巡要杀妾，心中不舍，可见是有情有义的汉子；然后，那位娘子不待张巡开口，自己先猜出来，又免去了张巡的启齿之难。下一步，张巡表示"心凄切，心哽咽，不因王事何忍别"，听着倒像是要自杀，他的妾则很知大义地说"臣死君，妾死夫，理所当，情何辜"，对这位吃人夫君，不但不埋怨，反而要"今生未了，又结来世缘"。——敢情被吃一回，还不过瘾。许多事情，都如《双忠记》之于张巡事，涂饰一番，便成高节，成大义，成美谈。新文化运动时，大家都骂礼教杀人。其实礼教自己是不杀人的，它只负责劝人甘愿被杀，以及将惨状叙述为妙事耳。顺便说一句，《双忠记》在京剧和粤剧里还在唱，尽管版本不同。

# 严延年：勿语中尉正承恩

假如一个国家，或一个地区，一个盗贼也没有，岂不是政治清明，社会完美，大同盛世，大大同盛世？假如这么想，你就错了。没有罪恶的社会一旦出现，只能有一个原因，那就是作恶的能力被统治者独占了。幸运的是，人类的政治还从未曾达到过这种极致，尽管有许多次都相当地接近。

严延年任河南太守，"野无行盗"，庶几太平。他的办法很简单，就是多杀人。他的朋友看他杀戮太重，写信劝他，他回信说：河南当天下咽喉之地，又承周代余弊，坏人多好人少，怎么不可以痛加铲除？为了树威，他把各县的死囚集中到郡府行刑，血流数里，河南人恐惧战栗，背地里叫他"屠伯"。

西汉的酷吏，往往有立致太平的政声。郅都做济南太守，如狼牧羊，郡内道不拾遗；义纵治南阳，吏民重足一迹，其治定襄，以前的坏蛋都改行做了官府的帮手；王温舒做广平郡的都尉，外地的盗贼不敢过境，及做上河内太守，只用三个月的时间，夜里连狗叫声都听不到；尹赏任长安令，几个月后，本来嚣张的盗贼，死的死，逃的逃，长安顿时安定。其余诸人，大致如此。

酷吏的另一个好名声是清廉。腹诽罪的发明人，酷吏之宗张汤，死后遗财不到五百金；王温舒死后，家产不值五十金；郅都最有廉名，从不收礼，在官不拆私信，常说：既然出来给皇帝做事，家里的事，只好不顾了。

酷吏最大的特点——在我们平民看来，简直就是美德——是和豪强作对。酷吏之祖侯封，便是被吕后用来压制刘氏宗室；宁成也是如此，皇帝委任他做中尉，便是专门让他约束宗室；余如郅都的诛戮济南大姓，行法不避贵戚，权贵都不敢正眼看他；王温舒到广平，一下车便捉捕郡内豪强，连坐至千余家，往往族灭；张汤擅长整治诸侯王，排挫富商，锄灭豪强，也是他的拿手事。

严延年更是如此。他的治术，务在摧折豪强，扶助贫弱。贫弱之人犯了法，他不惜舞文弄法，为他们脱罪；豪门若欺负小民，他同样舞文弄法，必置之于重罪。这一点有些像后代的海瑞，海瑞力不能多杀人，但手段一同汉代的酷吏，其清廉也很像其中的几位。

可惜酷吏的功用，并不是解纾民困。西汉的酷吏，正史中有传的一共十八人，有十二人是汉武帝之臣，不是巧合。中国的帝制起于秦始皇，成于汉武帝，谓之秦三世，亦无不可。帝师韩非的理论之一，是把社会压扁。在他看来，对帝权的威胁，不来自易于胁制的小民，而来自有文才或武勇、有势或有钱的中间阶层，把"五蠹"去掉，天下就安定了。对韩非的五蠹之说，汉武帝去其二而用其三；酷吏或自以为得意，其实他到底在干什么，自己未必清楚，而是简在帝心。

小民从酷吏那里得到的好处，纵有也是暂时的，酷吏能去恶人于一时，却助纵恶之制长命百岁。何况酷吏绝不是秉法之人，如杜周所说，哪里有什么法律，人主的意旨就是律令。酷吏往往善伺上意，便在于此。为酷吏鼓掌的人，需得有把握自己绝无可能犯法，或者犯忌，否则不要抱怨得不到公平的对待。

严延年做官是在汉宣帝时。汉宣帝初政苛察，后来渐渐和缓。酷吏治郡有方，各地曾纷纷模仿，然而不数年间，老百姓更加铤而走险，盗贼蜂起，朝廷无可奈何，重视酷吏的风气，便渐渐止息。——并不是以后没有，只是少用酷吏之目了。

为帝爪牙，换来的名声却不好，皇帝经常要把他们抛掉，来假装好人。西汉酷吏，能善终的没几个。严延年做官时，去汉武帝已有二三十年，前辈的命运，他便视而不见，也有人替他看到。他的母亲来河南探望，看见他杀人，大吃一惊，再三劝阻无效，便告辞说：我可不忍看见自己的儿子被刑戮，我还是赶紧离开，回老家替你预备后事吧。一年多后，严延年果然被朝廷处死。

又严延年治河南时，邻郡的黄霸以宽恕为政，郡中也很太平，连凤凰都给面子，数次光降。不过，什么凤凰于降，以及道不拾遗、夜不闭户之类，都是汉代官场中的套话，当不得真的。

# 李斯：菹醢尽处鸾皇飞

李斯临刑前，对儿子发出著名的感叹："现在，就是想再与你牵大黄狗，出上蔡东门捉兔子，又哪里还能做得到呢？"李斯本是上蔡小吏，某日见到溷厕和米仓中的老鼠生活不大相同，便有所触，发愿不为厕鼠，力争上游，前往荀子那里学"帝王术"。

顾炎武曾说，性、命、天道这些玄远的事情，孔子很少说，今天的君子则挂在嘴边；什么事能做什么事不能做，孔子言兹在兹，今天的君子却不大提。春秋时，新士人与政治的结合，尚无常式，进退时时失据，所以孔子要再三申论。后人讨论李斯相秦，一方（如李白）说他得到如此功名，远胜于糟糠不饱的拘儒，另一方（如柳宗元）说他贪利杀身，还不如曳尾于泥中。——出处去就，在今天早已不是问题了，至少不该是问题，但在过去，可是件大事，如何能够出而不至于背义害身，入而不至于辗转沟壑，一直令古人头疼。

且说李斯跟着荀子和春申君，在楚国不得为用，掉头向西，投向六国的对头，新起的强秦。秦国虽强大，尚无文化的自信，也不知如何运用自己的武力。李斯的第一课辅导，便是为秦王立下平诸侯、成帝业的大志。当时关东之士，往投秦国的本来就少，李斯所言又恰中秦王的心事，所以一拍即合，秦王便让李斯主持大计，派辩士与剑客来招募六国名士，能利诱的利诱之，不能的刺杀之。

二十年后秦一统天下，李斯又做了两件大事，第一是力主郡县制，第二是禁止学术，行焚书坑儒之政。——李斯本是中原儒士，荀子的门生，乃禁百家，焚图书，视师道如寇仇，岂不自断后路？说起这一点，宋人通常归罪于荀子主张人性恶，学说本身便不醇。如苏轼说，荀子性格激烈，平时高谈异论，一时口舌之快，足为李斯之激。

其实，荀子的事业本在于将儒学改造为治术，其学说本身便包含权变的后门。且他及春申君的门下来路很杂，李斯所学，未必尽出于荀子，如他的中央集权思想，可能就有一大部分是来自同学韩非。韩非被李斯设法害死，可惜后来焚书不彻底，使我们尚能知道先秦思想的脉络。

李斯是个杰出的人。有点让后人难办的，是如何处理他的双重身份。一面是政治家，一面是士人。他的文才的确非常好，足以配得上他的头脑。鲁迅说"秦之文章，李斯一人而已"；不过鲁迅又加上一句"由现存者而言"，——是啊，别的士人死的死，亡的亡，只剩下他自己了。李斯对同侪的态度，既与他的治国主张相副，又未尝没有固宠之意。在权力盛时，他已生惧意。那时他儿子娶的是公主，女儿嫁的是王子，整日拜谒填室，车骑塞门，李斯叹道：荀老师曾说事不可太盛，物极则衰，不知以后我会怎么收场。

当年李斯西投，除干求功名外，还有一番意思便是实践自己的政治理论。如今志得意满，又不免难继之忧。秦二世时，李斯为了保命，甚至对皇帝说：明主就是要灭仁义、绝辩争，大大方方，想怎么来就怎么来。这种议论空前绝后，便是黄皓魏忠贤辈，也从没敢公开这么说。他还运用自己的学识，给这种奇特的主张以详细的论证。但如此阿上，也不能取容于赵高，后来李斯自知难保，索性与赵高反目，硬着头皮说些忠言，自然是想成则全身，不成也博得个身后之名。

后人感叹李斯之死，或说他不懂得功成身退。其实这个道理，李斯何尝不知，只是他一手奠定的格局，已没有那种水滨林下，可为他的退步了。当年商鞅出亡，想找个旅店，店主说："商君的法令，如果收容没有合法身份的人，坐以同罪。"商鞅只好长叹自己的"为法之弊"。在这一点上，两人的境况真是相似。

　　另外，不能说是李斯一手将关东卖给秦国。举天下以奉一人，李斯没这么大的本事。六国自己先失了方寸，当年的樽俎之容，会盟之礼，扫地无余，大家尽情攘夺，不知黄雀在后。至于士人阶层，分崩离析，疾走先得，与李斯只有五十步与百步之别。秦政的集体惩罚，实在是这些人有以自召。

# 曹操：山厌高而水厌深

谈曾静案时，我曾提到曾静有种迂阔的见识，以为皇帝该文人来做，而不该让"世路上的英雄"来做。其实，"我学中人"是出过一位"皇帝"的。那便是曹操。——或说，曹操并没有做过皇帝啊。是的。不过他无其号而有其实，算得上是无冕皇帝。不管他冤不冤，且按住他来说话。

曹操年轻时喜欢的三件事，是冒险、游戏和狎侮同侪。曹操一家都是老实人，对这么个孩子，想管也管束不住。史称曹操好游侠，那时世家子弟的游侠，不过是些半大孩子胡乱闯祸，惹出事来由家里承当，而对方看在家长的面子上，尽量不和他们计较，往往而成其名。

难怪那时的名士，多不说他好。在他们眼里，曹操既轻躁，还眼尖嘴利。也有说他好的，如桥玄。后来曹操对桥玄感念无已，称"士死知己，怀此无忘"。——曹操大张旗鼓地纪念桥玄，不无对别的品评者含讥带讽之意。

年少时曹操不是好学生。从顿丘令任上罢归后，他老老实实地在家读了几年书。再出来时，已经通经书、明古学，成为"知识分子"了。文士而称孤道寡的，此前有一位隗嚣。只是隗嚣不唯场面小，便是文才，也没有办法和曹操相较。

通常，政治领袖不需要特别优异的才能，不仅不需要，还最好没有。魏晋以下的皇帝都爱摆弄诗文，除了李后主和宋徽宗这两个背运皇帝，也都谈不上高明。后人每以后主和徽宗为玩物丧志之戒，但问题不止在玩物丧志。文才是文士的身基，武略是武士的食源，做皇帝的，如果对这些事太内行，臣下难免要不自安，即所谓"月明星稀"。至于乾隆与臣子争才，那是他没有自知之明，真以为自己的诗写得好，字也写得好。他的臣下，口中唯唯，心里从没觉得皇帝的天才对自己有什么威胁。

曹操的诗才，比著名的"建安七子"还要高。这就有点咄咄逼人了。文人对君主的期待，是以爱好者的身份来做文学的保护者，像曹丕那样。而如曹操，许多事情都哄不住他，实在是有些为难。倒是曹操，可以在那里傲慢地感叹"天下人相知者少"。

不仅如此，曹操还可以利用他的特殊地位，做一些别的皇帝做不好的事情。比如他敢诛孔融，是因为他能估计出如此做的后果，在当时以及在身后。他知道士人的弱点，他知道舆论的构成；他可以借仗他和读书人的关系，他也知道孔融和别的文士集团的关系。他处死杨修后，可以以"圈内人"的身份给杨修的父亲杨彪写信，直言"同此悼楚，亦未必非幸也"。孔杨之死，不会影响帝权与士人的合作，因为曹操自己有一半的身份就是"士"，这一身份，他一直小心翼翼地保留着。再看别人。嵇康之诛，便导致一大批士人与司马氏不合作。至今，嵇康之死仍然是著名的悲剧，至于孔融，人们多只记得他的"让梨"。

曹操之不称帝，和他的角色有关。"庖人虽不治庖，尸祝不越樽俎而代之。"皇帝果然是该"世路上的英雄"来做，诸葛亮再高明，做梦怕也不曾梦到自己当皇帝。后人每称道诸葛亮的"忠"，其实那是——用今天的话说——"敬业"，或守本分。曹操自明本志，声称"欲望封侯作征西将军，然后题墓道言'汉故征西将军曹侯之墓'，此其志也"，其实是真话。

曹操的名声差，一大半是因为他不是皇帝。如果他做了皇帝，李世民就不好说他"有无君之迹"，许多人也只好闭嘴了。另一小半原因，则是他以士人的身份掌天下之柄，两边的好处都占到，而才能又高，用朱熹满怀嫉恨的话说，叫"连圣人之法都窃了"。

顺便说一句，《三国演义》是小说，而且是一本极其缺少历史感的历史小说。《三国演义》看得入迷，会染上

"纵横家气"。——实际上，这是一种风俗，从铁匠铺的学徒到大学里的教授，往往沾染。他们讲究的是运筹帷幄，撒豆成兵；把天下事运于指掌间来谈，仿佛面前是摆着万国图或地球仪的，所以能视五千年如盘水，二万里如掌泥，捭阖之方圆之，无不顺手。如此论史，"戏剧性"是有了，但也只有"戏剧性"而已，说来说去，还是说书的。——曹操年轻时也是有些纵横家气的，后来日渐其少，建安十年以后，就不大见得着了。

## 司马相如：兔角弓射无明鬼

汉代"纯文人"中，我最喜欢与最不喜欢的，都是司马相如。他的文才，自不用说；他的性格，大有可爱之处。最有意思的是"当垆卖酒"这一出，迹近无赖，然而无赖得有风度。顺便说一句，当初他勾引卓文君，是看上了卓老太爷的家产，不过结尾圆满，历代不以为乱。

司马相如是成都人，卓家在临邛。他把卓文君拐到成都，等了些日子，不见被迫做了老丈人的卓王孙送来一个大子儿。京剧里有几句词，"老爹爹百般施辣手，他那里皱双眉借酒浇愁。不如回转临邛走，开设酒店在街头"，说的就是这一段。他们回到临邛，在卓王孙鼻子前面开了家小酒馆，两人自操贱役，一个卖酒，一个跑堂。卓王孙斗不过他们，只好送上钱财，于是，像童话里说的，王子与公主从此快乐地生活在一起。

司马相如本来也出身富家，花钱谋为郎官，家产荡尽，才出此下策。他是喜好事功的人，看名字便可知道。

此番有了经费，不数年，又去做官，因为《子虚》《上林》二赋，得到武帝欢心。以后的年头，或宦或否，逍遥自在。若到此也就好了，但他终于肠热难耐，作了那篇《封禅文》。

封禅之说，起于齐国，但当年齐桓公想封禅，管仲谏而止之，不愿意让齐国成为大家伙的眼中钉。按早期的理论，改朝换代后才好封禅，相当于取得天的授权，合法地君临大地。第一位封禅的皇帝是秦始皇，第二位就是汉武帝了。汉武帝很想成为接天贯地的名君，喜事功，好祥瑞，花样百出，心犹未足。司马相如的《封禅文》，可以说马屁拍在了前面。

此前，封禅的事也有儒生提过，但没人能够像司马相如这样，详细而雄辩，力证汉武帝是如此伟大的君主，可以封禅，应该封禅，必须封禅，如不封禅，老天爷一千个不答应，老百姓一万个不答应。有意思的是，司马相如殚思极虑写了这篇雄文，一直藏在家里，待机而售；然而很快生了重病，便在临终前嘱托卓文君，皇帝若派使者来求书，把这一篇送上去吧。

我不喜欢的不是《封禅文》的谄谀，而是谄的方式，——先意承志。帝制下讨生活，不说些奉承话，是不可能的。但把事情想到前面，先主上之忧而忧，后主上之乐而乐，如非心性熟透，何能及此？

日前一个朋友购入一批书，我帮他搬上楼。他养的一条狗，看到我们往家里搬东西，非常兴奋，打滚撒欢，伴以高唱，我想那唱词不过是"我家好兴旺"之类。我觉得奇怪，如果主人搬来牛肉，也或许有它的份，它的高兴，大有道理；但我们搬的是书，它又不识中国字，跟着瞎高兴什么？说不定里边还有本《怎样烧狗肉》呢。

这个就是境界了。当年梁启超骂奴性，云"依赖之外无思想，谄媚之外无笑语，奔走之外无事业，伺候之外无精神"，以及"言主人之言，事主人之事"。其实还有更高一层的，为言主人之所难言，事主人之所未事，奴才做到这个份上，才算有成。奴才和奴隶不同，奴隶是不得已而为，想不做而不可得，奴才则其乐陶陶，一日无主，反倒浑身不舒服。——当然，他们并不是没脑子，自甘下贱，而是自有其理由，那便是沈约说的"鼠凭社贵，狐借虎威"。所以古人早有预报，不可以因其柔媚而轻侮之，因为他们一旦遇到批评，立刻就会招来主子，指示对手所在，以及种种可恶当诛之处。

话说回来，司马相如并不是这种人。他是豪迈的人，虽然有些不谨慎，而他的才学，足以掩羞。汉朝人就是不好，也坏不到哪儿去，所以当时的酷吏，在后代便是清官，《史记》《汉书》里"佞幸传"中的人物，如活在千载之外，大可为名臣。至于学不及相如之万一，谄谀则倍之千万的人，更是后世才有的了。韩非子《说难》，讲到若干条揣摩功夫，相如只会一条，叫作"主有私急而强之以公义"；他不会的，还多着呢。又总则云"饰其所矜而灭其所耻"，司马相如只懂得一点儿"饰其所矜"，至于"灭其所耻"的功夫，现在随便找个文化人，都可以做他的老师了。

# 刘瑾：移羞做怒

某个美丽的傍晚，一位钻研心理学的朋友，占据着我最好的一把椅子，沐浴着唯一一束阳光，冥想了大约二十分钟，然后把思想的作品，发布给一直在敬畏地等待的我："假如你做了太监，会怎么样？"

我激动地把他从椅子上赶开。——这便是常人的反应。对这类问题，我们必须反应激烈，最好是带些愤怒，以表明自己的身心，不会在任何时候以任何方式和那个大不韪的问题沾一点边。特别是在我们中国，阉宦等于邪僻和奸恶；不是不能够举出些好宦官的例子，但有一个这样的例子，就有一百个反例，来说明肢体的残缺会导致人性的残缺，尽管这一点从来也没有被真正证明过。

本篇想说刘瑾，但刘瑾又有什么好说的呢？他的名字，人们并不陌生，就是没念过书的老汉，或许还看过《法门寺》呢。在明代的太监中，论凶狡他不及魏忠贤，权力不如王振，深沉不如冯保，差有一技之长者，就是捞小钱，报小仇。

人说宦官爱财，未必是一定之论，不过刘瑾确是有些钱癖的。他得志之后，外官入觐、京官出使，都得送他钱，成为常例。刚开始受贿时，不过以几百两为望，有一个叫刘宇的人，一次送他一万两，刘瑾大为惊喜，说"刘先生对我真是太好了"，以后胃口颇开，但聚敛之术似乎只有受贿，所得终于有限。

刘瑾爱作威福。受廷杖者去衣，是他的首创，乃有杖死者，不过究其本意，着重处在于羞辱而不在杀人。明代的大太监中，刘瑾远不算最残暴者，很少杀人，如方良永之不挹，刘玉之劾，处罚不过是撤职或罚米，这样的例子不少。若换在魏忠贤时代，死的人就会很多了。刘瑾也没什么大志，军国大事都糊涂，"知州改御史"之类的事倒做了一些。他的获死，罪名是谋反，当是张永、杨一清等人怕他死灰复燃，捏造出来以置他于死地的。

刘瑾恨翰林，恨御史，这种仇恨不难理解。读书人也憎恨他们。但宦官上应天象，也是读书人的发明。天市垣的中心是帝座，周围有众星屏藩，其中便有四颗星辰叫"宦者"。既然取则天象，虽然可憎，也是不能少的了。自东汉以后，痛骂宦官，又英雄又稳当。中上阶层的人，极端看不起这些刑余之人，说了无数难听的话，以为他们"奸心素笃，憎爱移易"，是变态的小人；然后又没有一个人主张废除宦官制度，就连骂宦官最烈的黄宗義，也只说宦官可留几十人，不能再多。

阉人不是中国独有，在亚述，在印度，在古埃及，直至后来的拜占庭，都有宦者的身影。只是在这些地方，宦者既不怎么显眼，也不特别地为人痛恨或厌恶。也有掌大权的宦者，如东罗马帝国的克里萨菲乌斯，做过狄奥多西二世的首相的，以及更早的巴葛阿斯，那被亚历山大大帝亲吻过的。这些人士的政治作为，不大能看出和他们的生理有关，社会也不怎么难于接受，便在容易夸张的文学当中，从泰伦斯到莎士比亚，也没有我们这里常见的大惊小怪的因素。

刘瑾最可述的，是他的凌迟处死。据监刑官回忆，头一天例该剐三百五十七刀，从胸膛两侧割起，初下刀时尚有血出，再割则无血。十刀一停歇，一吆喝，这样割到晚上，押回宛平县寄监，此时刘瑾不仅活着，还能吃粥两碗。次日再刑，刘瑾开始说宫中不该外传的秘事，行刑者便堵上他的嘴，赶紧将他割死了。

刘瑾得势时，谈不上"权倾朝野"。在内不过是八虎之一，在外有不少附和他的大臣，实分其势，其中乖戾的焦芳，傲慢的张彩，都不是他所能控制的，又有一位大名士李东阳，名不在阉党，却最得刘瑾敬爱。文学之臣和宦官亲密，自刘瑾时候始，前面说过刘瑾的权力不及王振，但当年文武大臣见王振而跪者十之五，见汪直而跪者十之三，见刘瑾而跪者十之八。——此之谓共同罪恶。

没有人喜欢攀结宦官，但人都喜欢攀结权力。读书人知道和宦官勾结，名声大为可虞，但眼前的利益，总是更有说服力，何况声名或许还有办法可想，张居正便是例子。在宦官一方，权力只是假象，一旦皇帝变了心意，"片纸中夜下而晨就缚，左右无不鸟散兽窜"。他们不过分到了一两成皇权，皇权的恶，倒分到了十成。有纵人为恶的机构，自不愁找不到为恶之人，而骂宦官，剐刘瑾，虽然义勇可形，但既然又主张宦官制度，知者难免要说那是移羞做怒。

明代宦者少则好几千，多则十万，如刘瑾者，前后数十百人而已，"奸心素笃"云云，至少得不到统计学的支持。至于宦官的心事，我的心理学家朋友不知道，我也不知道。听说过的，一个是宦官往往重视乡谊（如刘瑾是陕西人，便把陕西的高考名额提高许多），不知是不是没有家庭的缘故。另一个是宦官喜欢穿好衣服，虽是夏日，也包裹严整，老北京有一句话，说人夏天穿得太多，叫作"练当太监"，便是为此。

# 打严嵩

少时看《打严嵩》，见白脸红裤的老头，被邹应龙连骗带打，微觉可怜。立刻正心回意，想这严嵩是坏人，就是该打。他在戏里不是唱么："起下谋朝篡位心，私造九龙冠一顶。"谋朝篡位呀，这还了得！我虽然不是皇帝，听着也很气愤。何况他还"卖国"呢。后来念了几本书，知道严嵩倒也不曾卖国。但本地流行整体论，整体决定部分，"本质"决定各种"非本质"的东西。整个儿的严嵩既然是坏人，那么，各种坏事，他就算没做，大概也想要做的。这么一想，再听马连良的"你这卖国奸贼"，叫起好来就流畅了。

为严嵩分辩的，从明朝到现在，一直有人。我们知道，这类文章，尤其在当代，立论颇难，要经过大量的转转折折，虽然但是，不过尽管，等等，写的人累，看的人也出汗。有部写严嵩的书，写来写去，严嵩成了大好人。作者本心未必如此，但不如此则无法立论，在整体论的道德法庭上容不下有罪辩护，要么是好人，要么是坏人，你说吧。比如，帮严嵩辩护的，常提出一条：严嵩一生无二色，只有一位欧阳太太。但在严嵩留下来的文字或言论中，找不到证据能说明他反对妾滕制度，是男女平等的先驱。那么，他的不置姬妾，只好算是人情使然，和思想或道德无干。

或说严嵩的诗境界不错，人当不会很卑污。是的，翻开《钤山堂集》，写心志的如"元无蔡泽轻肥念，不向唐生更问年"或"明日驱车入城去，却从城里望山间"，写山游的如"傍花吟驻棹，扫石坐传卮"或"不饮杯中物，其如山色何"，都显得胸襟冲淡，不像是专心致志于利禄者。

但古代的文臣，多喜欢写诗，喜欢表达出世之志、田园之想。这种若离若弃不离不弃的姿态，乃是自我安慰，行卑而标高，便似有通向良知的后门。言行、知行不必一致，必不一致，已成传统，不自严嵩始，不随严嵩终。我们看山水诗的宗师，南朝的谢灵运，诗篇何等高妙，再看他的行事，和诗大不相符。原来早在那时，诗歌，在许多人那里，已是对日常生活的救赎，如洗手的水。

严嵩谈不上有多好，但确实也谈不上有多坏。这个人做官的秘诀，是小心敬慎，柔媚取容。嘉靖皇帝太难伺候，好恶无常，威福自操。严嵩很惧怕嘉靖，伴着这位君主，常如临深履薄，哪里还敢窃弄威柄。他在国政上无主张无抱负，只知奉承嘉靖；然而，这样的大臣，各朝各代，要占总数的一大半，落得"奸相"名声的人可不多。

严嵩活着的时候，名声远不像后世那么坏，我们看当时的名公巨儒，高人硕士，和严嵩多有过从，有的还颇亲密，而非皆出于应酬。那么，后来他怎么就成为明朝第一奸相了呢？——这涉及两个人，一种观念。

一种观念是泛德论，以为道德冲突乃是社会冲突的主干，我们的失败，不是自己无能，而是有坏人在捣鬼。明朝政治一塌糊涂，捉坏蛋运动便格外蓬勃；反过来说，因为捉坏蛋运动太蓬勃，所以一塌糊涂。嘉靖后期政治失败，不能不有替罪羊。

两个人是徐阶和王世贞。徐阶是严嵩的政敌，心机深刻。他后来主修世宗实录，多所篡改。这些改动，当然不会有利于严嵩。王世贞是十分有名的著作家。他的父亲王忬，任蓟辽总督，因边事被嘉靖处死。王世贞既愧且恨，不敢恨皇帝，便移怒于严嵩。王世贞给严嵩写的传记，极尽诋斥，而这篇传记，便是《明史·严嵩传》所本。这样一来，严嵩的名声好得了吗？

成文史总要操纵我们的判断。不仅如此，又有士林主导下的民间舆论。相传影射严世蕃的《金瓶梅》是王世贞写的；这只是传说，但专骂严嵩的戏曲《鸣凤记》，确是王世贞或其门人写的。发展到后来，在各种故事中，严嵩成了方便的反角。沈炼的死与严嵩没有关系，但小说《沈小霞相会出师表》脍炙人口。传说严嵩构陷王忬，和《清明上河图》有关，这只是故事，而从这故事生发出来的《一捧雪》，流传至今。其他如《飞丸记》《玉丸记》，直到今天的《五女拜寿》《打严嵩》。

《打严嵩》还要继续唱下去。谁在乎？我对严嵩没兴趣。我有兴趣的是自己，还有多少地方，是无知无识中被人操纵着的？舆论也是这样。不要以为人多智盛，许多时候，罗马确实只有一个脖子。

# 宋襄公：于今为笑古为义

　　春秋前期，旧礼犹存，战争有规则可讲。两国打仗要宣战，偷袭是要被人看不起的。又不能趁着人家有国丧的时候开战，陈成公卒，正准备伐陈的楚军闻丧乃止；晋国的士匄率军侵齐，听说齐丧，立刻还军，都是例子。当然也有不管三七二十一的，如秦国。

　　宋襄公与楚国交战，宋军已经成列，楚军正在渡过泓水，军官劝宋襄公击其未济，他不同意。楚军既已渡河，尚未成阵，宋襄公又一次拒绝进攻。直到楚军结阵已成，这才鸣鼓而攻。宋军大败。

　　那时车战用方阵，战阵十分重要。阵形一旦被冲散，如《国殇》里说的"凌余阵兮躐余行"，多半就要"首身离兮心不惩"了。当年周武王伐商，每行进十来步，就要停下来整顿队形，并不是为了样子好看。战阵不整而致失败的例子很多，如著名的鄢陵之战中的楚军。

　　宋襄公是在遵守古义。《司马法》中记录了一些古代的军礼，其中一条便是"成列而鼓，是以明其信也"。宋襄公是骄傲的人，在他看来，自己是中原旧国，商王之后，楚国是南蛮子；与楚国打仗，如果不讲身份，岂不把自己降低到对手的水平？

打了败仗，国人抱怨宋襄公。他辩解说：君子不伤害已经受伤的人，不擒捉上了年纪的老人，不攻击尚未成阵的敌车。我虽然是亡国之余，也不忍有违这些古礼。

所谓"亡国之余"，指的是宋国是殷商后裔。周人灭亡商朝，在其故土建立一个新公国，把遗民集中起来，有方便管理之意，亦有存亡续绝之德。这些后裔不肯放弃遗民身份，其礼制和宗教，和周人都有不同。他们在文化上的骄傲，使别国的人侧目而视，认为他们既顽固又迂阔。

先秦的笑话，主角往往是宋人，如野人献曝的故事，"资章甫而适诸越"的故事，以及有名的守株待兔的故事。韩非子还讲过一个故事：有一个宋人，看到书里讲"绅之束之"，就给自己系上两重腰带，别人对他的装束不解，他就说："书言之。"——韩非喜欢讽刺宋人。宋人的风格，与韩子正相抵牾。

宋人秘密地怀有复国的抱负。《诗经》的最后一篇《殷武》，可能便是宋襄公的诗。诗里歌颂祖先伐楚的功绩，有滋有味地怀念商朝的"赫赫厥声，濯濯厥灵"。泓之战的几年前，曾有六只水鸟倒退着飞过宋都的天空。

宋襄公以为这是明显的预兆，预示着霸业可成。他的不自量力，急于求成，也可能是觉得时不我待吧。

宋的复国只是梦想。不过，宋襄公倒是有个后人当上了"素王"。孔子正是襄公的后裔，他长大后，还要回到宋国，穿一穿故国衣冠。孔子重仁，重礼，有襄公遗风。

春秋时期，在原则与权变之间做选择，并非易事。城濮之战前，晋文公向咎犯和雍季问计。咎犯说，打仗的事，诈伪是没关系的，请君用诈。雍季说，诈伪虽可得志于一时，却断了后路，请君用正。晋文公用咎犯的建议打败了楚军，回来行赏，雍季在上，理由是雍季讲的是万世之利，咎犯讲的是一时之务。

连晋文公这样的人物，也不再有了。孙子的兵法，清清楚楚地说要"乘人之不及"，吴子的兵法，也明明白白地说"行列未定可击"。当年秦军袭郑，路过天子之城的北门，仅仅脱去头盔以示敬，而未按礼法要求的去甲束兵，有人议论说，这样无礼的军队，一定会吃败仗。——那一仗秦人虽然打败了，最后得天下的却是他们。

《左传》对泓之战的记录给选在中学语文课本里，题目却叫"子鱼论战"。子鱼是驳斥宋襄公的人，多听他的聪明话，想必能帮助孩子成长。课文没有讲的是，宋襄公敢和强大的楚国交战，是仗着自己是仁义之师，以为仁者无敌。这种信念，果然是讲也不是，不讲也不是。

　　而伐丧，到了战国便已屡见了。但古义毕竟是古义，伐丧一直是有争议的。刘表之死，鲁肃说孙权"伐丧乱之国，克可必也"，孙权欣然；刘裕死，崔浩劝阻北魏的皇帝伐宋，皇帝不从，便是两边的例子。至于隋朝高颎督师伐陈，闻丧而还，则如王夫之所论，只是形势使然，装装样子，惠而不费的事。

# 冯道：凡忠必愚

> 亡国降臣固位难，痴顽老子几朝官；
>
> 朝梁暮晋浑闲事，更舍残骸与契丹。

这是一首骂冯道的诗。作者是元朝的"思想家"刘因。

冯道的挨骂，在于他历仕四朝十一主，拿丧君亡国不当一回事儿。但说起来，"梁唐晋汉周，播乱五十秋"，一转瞬之五十几年，中原五次易主，如走马灯；便是同一朝里，亦君臣互噬，父子相残，一镇之内，杀帅夺旄，习为常事；各路兵将尽是虎狼之性，称孤道寡者不过沐猴而冠，借《沙家浜》里一句词，叫作"忠在哪里，义在何方"。此时能知些廉耻的，便自谓胜人一筹，哪里还顾得上什么主辱臣死？从后梁的张文蔚、杜晓，到入宋的范质、吕端，一批名声尚好的大臣，都是前朝旧人，岂独冯道为然？

冯道另一挨骂处，是奉使契丹，有汉奸之嫌。不过唐代的华夷之防不像后世那么严，安史乱后，更是严也无从严起。陈寅恪曾论河朔藩镇为"胡化集团"；中原五代，更有三代是沙陀人建起来的。石敬瑭父事契丹，固然无耻，但心甘情愿给他人做奴才的，从古代到今天，难道又少了？石敬瑭不过是"皇帝"，当天下之重，格外地没面子而已。将燕云十六州割给契丹，遗患二百年，罪过不小，但他自己就是沙陀人，"汉奸"两字，用在他身上，原本不伦不类。冯道虽是汉人，立身沙陀人之朝，又当极废州裂之季，责他以"民族大义"，是以后世人之所见，责前人之所不见。他在契丹的言语，"哄洋鬼子"而已，"弱国无外交"而已；脸皮厚是真的，但脸皮不能如此之厚，他也不用去了。

冯道不以谄媚事人，而能取容于四朝，可见这个人是很滑头的。逢大事则依违两可，不得罪武人，不预废立，这大概就是他的自全之道。冯道善持大体，若说有什么特殊的才能，倒也看不出来。有个人嘲笑他，如果走得快了，怀里一定会掉出《兔园策》来，他也不以为愧。他的好处是心胸开阔能容人，得罪他的人，他并不报复。诗人杜荀鹤的才能倒高，但刚在朱温那里得宠，便在家中气冲冲地掰着手指头，算计都有谁得罪过自己，准备尽杀之。这等倾险之徒，不如冯道这样的庸人远甚。

五代兵连祸结，黎民深被荼毒，当此之时，忠为下，仁为上。冯道慈悲为怀，活人无数，然而他的口碑居然还不如史弘肇之流的"好汉"，这只能说是老百姓做刍狗做惯了。史弘肇这种人，不逢其会，杀猪屠狗而已。但人如草芥之时，必有视人如草芥者出，选对主子，多杀人，便可为英雄。史上名气最大的，不是大凶大恶之人，就是大仁大善之人，说明社会出了毛病，不是纵人为恶，就是逼人去做常人所难之事。如冯道者，一平常人耳，以其平常混世界，也以其平常挨人骂。

《宋史》批评五代臣子视事君犹如拿钱干活儿，改朝易姓，就像换个东家，一拍两散，——便该如此！司马光骂冯道为奸臣之尤，理由是冯道"求生害仁"。——在司马光的头脑中，"忠"与"仁"已经分不清了。汉代起，忠的地位上升，成为伦常之首。以忠君为大节，把它像草标一样插在头顶上，倒忘了孔子的仁，孟子的义。只知吠非其主，不问善恶是非。这倒省心，最不堪时，至多落顶"愚忠"的帽子——愚忠愚忠，好像还有什么不愚的忠。其实哪里有呢？凡忠必愚。

评说人物，古人也说"大德不逾闲，小德出入可也"。问题是，什么是大，什么是小？以忠为大，则义为小；以节为上，则仁为下。在司马光、欧阳修看来，冯道所做的善事，只是"小善"——如他的廉俭，如他念诵聂夷中的《伤田家诗》来感悟李嗣源，如他劝耶律德光不事杀掠，如他救下违反买卖牛皮禁令的二十人；如武将把抢来的妇女送给他，他置之别室，访得其家送回去；及随辽北上到恒山，见到被辽兵俘掠的士女，掏钱赎出，设法送归乡里。——在忠字当头的史学家眼里，大节既亏，这些小善也就无足道了。

五代的惨剧，本可换回些出息的。但宋儒纷纷而出，把观念的旧山河收拾起来，重入轮回。此后纷纷攘攘，不出矩。至明亡，才有人认真地琢磨些事情。但——仍以冯道为例——无论是王夫之，还是顾炎武、黄宗羲，都以冯道为小人，批评誉冯道为"吏隐"的李贽为邪妄。在三人者，身为胜国遗老，自然要痛骂不忠之人，好像大家都来做忠臣节士，便有万年不倒的王朝了。见王朝而不见国，见国而不见民，见民而不见人，此其所以翻遍坟典，拍破脑袋，也想不出出路者也。

# 包拯：乌畏霜威不敢栖

读包拯事，总有几个疑惑。一是他为什么鲜有朋友；二是他弹劾张方平的上疏为什么没有流传下来；三是他为什么不笑。

宋仁宗时，海内无大事，士大夫乐享太平，诗酒往来十分稠密，我们看当时的名臣，无不留下这方面的丰富记录，唯独包公，其个人生活，几乎没有指爪可寻。史书里记他平生不写私人信件，没什么朋友，与亲戚也不往来（如果鞭打有违法行为的表舅不算"往来"的话）。他流传下的文字，有早年的一首短诗，晚年一篇家训，其余全是奏议。

包公的人格很了不起，是刚严峭直的典范。他从头到脚找不出一丝毛病；政治上所有言行，皆出公心；私德也修饬得一无破绽，似乎就从没有处过暗室，不曾道过中冓之言。里里外外立于不败之地。

但从常识可知，人是不可能这样完美的。道德的意义，不在于"灭人欲"，而在于克制一部分欲望，使个人行为与社会相平衡。有德者是道德冲突的胜利者，而如包公，竟似毫无道德冲突。《铡包勉》里的包公，有一番公私交战，但只是戏文，史上并没有这种可欢欣的记载。北宋时唐风未灭，人们还算开朗，不大遮头护尾，所以那些文人兼官员，虽栖宿不同，心事大略可知。包公是个大大的例外。欧阳修疏论包拯之接受三司使的任命，说道："心者藏于中，而人所不见；迹者示于外，而天下所瞻。"他是说人心隔肚皮，评价一个人，可信赖的还是他的作为。不过，如果得不到情感的线索，一个人的作为，或为迷雾所隐，或为光芒所掩，也会含糊起来呢。

欧阳修的批评，源于包拯连劾张方平与宋祁。宋祁即有名句"红杏枝头春意闹"，人称"红杏尚书"者。包拯抨击宋祁的理由，是他知成都时多游宴，蜀人不满他的奢侈。比起哥哥宋庠（此前包拯曾弹劾过宋庠）来，宋祁确实生活铺张。但当时文官游宴成风，若以此为罪，朝廷要空去一大半了。何况宋祁在蜀每晚宴罢，还燃烛展纸，干起正事，远近的人看见灯光，都知道这是宋先生在修唐书。他死后，成都数千人哭于祠，似乎名声也不很坏。

另一位被包拯攻击的是张方平。此人天性豪迈，颇有才干，见识在当时别具一格，只是一生未得伸展。当时京城某人拍卖家产，时任三司使的张方平购得一处房屋。包拯立加弹劾，说他"无廉耻，不可居大位"。张方平确实不谨慎，但只凭这一点，似乎不足以立"无耻"之论，据司马光后来说，包疏检举张方平的不端事迹，还有不少条状。但这么一篇重要的上疏，在世传的包公奏议中，竟不见踪影。清朝有人猜测是包公子孙不愿意以示后人因而削去，毫无根据。但不得见此奏原文，总有些遗憾。

碰巧的是，张方平和宋家兄弟那时都与吕夷简不和，而包拯受过吕夷简的提拔。要是能从中寻出一丝足迹，我不觉得包公形象会受多大损害，相反，倒还觉得亲切些——人都有个三亲六故。但没有，无论前后，包拯的议论没有半分私情的把柄，无不堂堂正正。

包公的心事不为人知，是否应归罪文献失传呢？宋人话痨最多，记述成风，可惜在如海的文集中，对包拯的记录，少之又少。如王安石，和包拯一同受过欧阳修的荐举，还曾是上下级，多少总有过从，但整部《临川集》，竟无一字提及包拯。别人那里也大抵如此。幸好有位吴奎，和包拯亲密，给他撰过墓志铭；另一位张田，自称门下，给奏议结集。若无这两人，包公的形象，便只剩元杂剧中的了。我猜测当时多数人的心理或许是这样：对包拯，说他不好，实在说不出，说他好，又不情愿。人至清则无徒，此之谓也。

最奇异的，是包拯不笑。当时流传一句话："包公笑，黄河清。"——包公一笑，比黄河变清还难得。史籍未曾记载包拯有过类似面部神经麻痹之类的疾病，我们也无由推断他是个内心麻痹的人。但不管为什么，一个不会笑的人，无论多么多么值得敬佩，也很少有人会喜欢有这样一位同僚，这样一位邻居，或这样一位表外甥。

　　元代名臣王恽夜宿开封府署，曾撰一绝云：

　　　　拂拭残碑览德辉，千年包范见留题；
　　　　惊鸟绕匝中庭柏，犹畏霜威不敢栖。

# 海瑞：有女莫嫁海主事

　　古代名气最大的三个直臣中，汉代的汲黯可爱，宋代的包拯可畏，明代的海瑞可叹。

　　上回曾说到包公廉隅，令人凛凛，尚在人情之常；海瑞的性格，每有常情不能度者。当初海主事骂皇帝获罪，逮下锦衣卫狱，第一个上疏论救的，是户部司务何以尚。为这件事，何以尚挨了一百廷杖，也入诏狱，日夜拷问。若干年后，海瑞出任南京吏部右侍郎，何以尚是郎中，正是属下。二人相会，海瑞待以长官接见下属之礼。何以尚说，若论官位，是该如此，但你我当年一场交情，就不能以客礼相待吗？海瑞坚持不肯。何以尚大怒，拂袖而去，说："不及黄泉，无相见也。"——这辈子是不要见你了。

　　我少时也喜慕非常之举，直到长大，读过些历史和大人物的传记，才踌躇起来，——人可以将最美好的东西献于社会，却将黑暗的一面留给自己的家人和密友。有的人留给我们的文明史伟大的财产，却让他身边的人万分痛苦。如何评价这样一些人？也许只好让土归于土，水归于水，该感激的感激，该斥责的斥责。说到这一点，保罗·约翰森的《知识分子》，虽嫌未掩悻悻之色，还是值得推荐的。

海瑞极端厌恶乡愿。乡愿知善而不能尽从，知恶而不能尽去，与俗浮沉。说起来，普通人都有这个弱点，只是程度不同。所以海瑞满眼都是缺少道德勇气的乡愿，"举朝之士皆妇人"。在他自己这一方面，交战于胸中的不是善恶——善恶对他已不是问题——而是"正道与乡愿"。克制自己心中任何妥协的想法，对人对己不留情面，我们不知道海瑞是怎么做到的，但他确实做到了。

他曾有个五岁的女儿。有一天，海瑞见她拿块饼子在吃，问起来，是家中的仆人给她的。海瑞十分愤怒，说，你是女子，怎么可以从男仆手中拿东西吃？简直不像我的女儿。你要是能知耻而饿死，才是我的女儿。这个五岁的小女孩，哭啼起来，再不肯吃饭，七天后真的饿死了。

海瑞是历史上最有名的清官，刚直激烈，终始一致。但每次有人对我说起他的好，我一边同意，一边难免要想：去对他的女儿说吧。

与海瑞同时的文人王世贞曾诗论海瑞"胸中无黑白，止有径寸丹"。他是在批评海瑞执法，不论事之是非曲直，只凭胸中一团正气。原来正气不能取代一切，若不格以事理，便成蹈空。海瑞巡抚应天时的事迹流传最广，不多述，只说他事事偏袒弱小，不但未奏颠覆之功，反倒弄出些奇奇怪怪的效果。在海瑞这边，只要紧握高尚的动机，便问心无愧，在受治者那里，又难免有别的感受。

在汉代，清官每入《酷吏传》。海瑞在任上没做过什么残酷的事，虽衙门前总有枷号的人，但并不算出格，虽建议恢复朱元璋的严刑酷法，也只是说说，未得施行。他的意志可尽行的地方，是他的家庭，如果不算他母亲对他的控制。这位母亲也是非常之人，青年守寡，便把"全部心血倾注在儿子身上"，同处一室，日夜督问。

按我们的常识，被人倾注以全部心血，是很不舒服的事。不过海瑞是孝子。头两位妻子，与婆婆不和，都被休掉，其中的潘氏，过门不到一个月，便被逐出。第三位夫人在家最久，最后与一妾先后自杀。时人非议海瑞的，一是矫激，二是迂阔，第三便是"薄于闺阁"。家事不好妄说，但无论如何，这不像一个幸福家庭。

海瑞胸中的径寸丹心是什么？对弱者的同情心？从他的政令来看，似乎是的，因为他断起案来，总是站在弱者的立场上，但联系到其他方面，又未必然，因为很难想象一种广泛的感情会丰于彼而吝于此。看来那是一种抽象的正义，圣化的政治理想，强烈到可以克制正常的情感，而不是养成与丰富之。其实圣人哪里又是这样的呢？还记得孔子不与暴虎冯河，并厌恶果敢而窒者吗？

我本来相当厌恶《大学》里修齐治平这一套，近年渐渐觉得它不是毫无道理。修身齐家为先，治国平天下为后。没有一种借口可以使人问心无愧地抛亲弃友，尽管曾有许多强人取得过相反的成功，对他们来说，亲密的人，不过是些可以在必要时牺牲而又不引起非议的人——不但不引起非议，还经常为人啧啧赞叹呢。

# 赵苞:谁令忠孝两难全

赵苞是东汉末年的辽西太守。就职的第二年,派人把母亲和妻儿接到任上来。路过柳城(在今天的朝阳县),遇上鲜卑人入塞抄掠,赵苞的母亲和妻儿被劫。鲜卑人便把她们当作人质,来进攻郡城。赵苞率兵接战,鲜卑人把他的母亲推到阵前。——这时,赵苞该怎么办?

在汉代,这个问题的意义与在今天很不同。今天的读者或许会要联想到"恐怖主义"或"民族大义"之类,但这两样,在那时都不存在。而重要的,是母亲被劫一事。古代,"孝"在价值观中的地位数一数二,陷父母于危境,甚至死亡,是不能考虑的事情。

类似的难题经常发生,尽管不都如赵苞的处境那样极端。君权与父权,忠与孝,家与国,难道是天生的冤家?楚国直躬的父亲偷别人的羊,直躬去告发。孔子认为这样不是正直,而"父为子隐,子为父隐",才算正直。强调君权的韩非子不同意孔子,他还看到了孝与忠的不可调和,说"君之直臣,父之暴子也",而"父之孝子,君之背臣也"。后世则有人说，在家为慈父孝子，在国必为贪官污吏，——你把公家的东西都搬到家里来，算不算一种孝顺呢？该怎样协调这些关系？

在春秋时代，家是高于国的。著名的管仲，一打仗就当逃兵，这样的行为也能得到原谅，因为，按鲍叔的解释，管仲不是胆怯，而是家有老母。伍子胥过昭关，借吴兵以伐父母之邦，来报私仇，当时的人觉得他是正当的，司马迁还赞扬他"弃小义，雪大耻，名垂于后世"。

秦汉以后，天平越来越往君权的方向倾斜。"忠"的概念发生了变化。以前，"忠"的意义广泛，后来只指对皇帝及其家族的忠诚；以前是君使臣以礼、臣事君以忠，包含双方的义务关系，后来变成单向的"君要臣死，臣不得不死"。孝呢？汉人编了一本《孝经》，在里面，什么都成了孝，"孝者所以事君也"，"事君不忠，非孝也"。——这本书应该叫《忠经》才对。同样是汉人编的《礼记》，讲打仗不勇敢就是不孝。打仗勇敢固然很好，但这和孝有什么关系？——这是汉人在设法模糊忠与孝的冲突。

但这种冲突毕竟没办法给全抹掉。一方面，君主的统治是仿照父权建立起来的，把父权否认光了，君权何所依傍？另一方面，个人生活，家庭关系，都是如此强大的事实，怎能视而不见？所以赵苞的处境，依然没有一种两全的出路。刘邦说"幸分我一杯羹",在汉代给吹捧为"不以父命废王命"。但刘邦是皇帝,赵苞不是,怎么敢那么说?

宋代的哲学家程颐,给赵苞出了个主意,说他可以先辞掉辽西太守,再以私人身份去鲜卑人那里赎回母亲。这个主意在实际中全不可行,而且也没有触到问题的实质。——不妨看另一个更鲜明的命题:假设君王与父亲都得了一种重病,而只有一丸药,只能救一人,那么,该救谁呢?

这个问题是曹丕提出来的。程颐肯定知道这个命题,但没有回答过。

忠孝冲突,揪扯了好几千年。孝,以及与之对应的宗法结构,是古代唯一能平衡中央集权的东西,但当君权越来越强大,"忠"越来越被强调时,与之颉颃的"孝",也越来越添进些可怕的内容,——割大腿肉来给父母治病,这样的人,到唐代已至少有三十多位,到后世则更有刺心截肠、剔肝抠眼等等,十分恐怖。为什么会走到这样的极端?

也许问题不在于"忠""孝"这些范畴本身,而在于缺少一种普遍的正义观,高于具体人际关系的价值。前面我只说"家国""忠孝""君父",一直不曾说"公私",就是因为古代几乎没有我们今天愿意称之为"公"的结构，家也是私，国也是私，——是的，它在很大程度上是统治者的私有之物（在这个意义上，古代的皇帝都是僭主）。我们可以说"古代社会"，但得意识到那种"社会"并无清楚的边际，也无自己的价值体系。那种社会没有管理，像个战场，任由强者逐鹿，也任由"忠""孝"之类的狭念像野兽一样不受羁束地驰骋冲突。

最后，赵苞选择了忠。他的母亲被杀。下葬后，赵苞也呕血而死。他实在是没有别的出路。

# 韩愈：载不动这许多道

少时读韩愈《祭鳄鱼文》，佩服得不得了。"尽三日，其率丑类南徙于海，以避天子之命吏。三日不能，至五日；五日不能，至七日……"多么有气势啊！难怪鳄鱼听了文章，既惭且感，西避六十里，从此吃斋持素，变成一只好鳄鱼。后读胡适《白话文学史》，说鳄鱼远徙六十里的故事，是韩愈自己编造的。我那时想，胡适也许是在嫉妒。

但韩愈确实是个让人头晕的人。比如他自称"日与宦者为敌"，但又写诗拍大宦官的马屁，至写出"谁言臣子道，忠孝两全难"这样的名句，不得不在中国文学恶心史中占一席之地。他掊击道家，反对服食，说服食"杀人不可计"，自己却甘冒奇险，偷偷地服丹饵石，用硫黄喂公鸡，每天吃一只。——公鸡何辜？而且如果白居易的话可信，韩愈竟是死于服用硫黄。他一生好言天命，又在与友人书里说：好人总无出路，不怎么样的人倒做上大官；好人总是活得艰难，不好的人志满气得；好人未必长命，不好的人倒可长寿，不知造物者到底居心何在？是老天爷他老人家的价值观与我们完全不同呢，还是漫无主张，百事不理，任人浮沉呢？

　　在一种内在地矛盾着的价值体系中，有这样的疑问，是自然的。聪明的办法是把这心事藏起来，继续遵从主流，至少是在口头上。至于矛盾不能不映射到行为上，那也是没办法的事。——韩愈《论佛骨表》的骨气，让人敬佩。此事导致潮州之贬，是韩公一生中的大事迹，还促他写出一生中最好的一首诗，有"云横秦岭家何在，雪拥蓝关马不前"这样的好句子。但读诗之后，千万别再读他在同月中写的《潮州刺史谢上表》。这种上表乃是通例，并无可议，但写到韩愈这个份上——他甚至劝唐宪宗封禅泰山——可谓佞之雄者。还有更有趣的，韩愈以排佛遭贬，到潮州不到半月，便求见当地的名僧大颠和尚。看来宋代的理学家攻击韩愈言行不一，也不是全无理由。

　　曾国藩说韩愈"心有所耻，行不能从"，略近持平之论，其实，想做官，想发财，想出名，有什么可耻的呢？义利之辨，一直被人为地尖锐化，似不如此不能显出儒者以及他们的命题的重要。而又有多少人只顾搬起石头砸人痛快，全不管自己下面的脚。所耻的事那么多，又怎么遵从呢？后儒起而倡言行合一，又怎么可能完全做到呢？难不在行，难在言。

　　韩愈确实喜欢做官，不在乎为此低声下气，他自己说，布衣之士，身居穷约，不借势王公大人无以成其志。——问题来了，问题出在给对利益正常的追求套上义的光环，这一来人们只好听信你自己的话。但实际呢？比如韩愈没当上史官之前，史学讲得极好，一当上了，全不是那么回事，气得柳宗元大老远地寄信给他提意见：你的志跑哪儿去了？

　　朱熹说韩愈一生事业，只是做官，这是太过分的话。韩愈是个有志向的人，做官只是其中之一。看他一生事迹，果然好人，至少道德水准在平均以上。只不过调子唱得太高，后人拿他宣扬的标准来要求他，自然难以收场——其实拿那些标准来衡量任何人，都难以收场。人常奇怪骄傲一生的嵇康临死前写的《家诫》，小心烦碎，简直不像《与山巨源绝交书》的作者写的；捧韩愈为"文起八代之衰，道济天下之溺"的苏轼读到韩愈的《示儿》，失望地说"所言皆利禄事"。我不知道他们希望嵇康或韩愈怎么写，难道对自己的儿子也不能说几句老实话吗？

　　韩愈得罪程朱，也和他的高调有关。他杜撰出所谓的道统，尧传授给舜，舜传给禹，最后传到孟子，孟子之下，就是他自己了，可谓百代单传。宋儒不服气（如程颐认为直接孟子而复兴圣学的是他哥哥程颢），所以要把韩愈从座位上赶开，换上自己的屁股。韩愈吃亏在于原来不是个擅长思维的人，比不得周程辈会钻牛角尖，在这方面不成对手。想不明白的是，他为什么非要以道统自命，这是何苦来呢？王夫之批评韩愈只是文章写得好，"琅琅足动庸人之口，技止此耳"。但自古及今，文章能写得如此之好的，能有几人？将此作为立身的根本，还不足吗？

# 阮大铖：制造小人

阮大铖本来是东林党人，也曾名列《点将录》，绰号"没遮拦"。有人评他的毛病是器量褊浅，"几微得失，见于颜色，争权势，善矜伐，悻悻然小丈夫也"。但在性格上，这只是缺陷，并非邪恶。那么，他是怎么进入《明史》的"奸臣传"，成为舆论公敌的呢？

一半的原因，是他本人热衷权势，行径往往卑污；另一半的原因，他的对手左右着舆论，这种舆论笼罩下的史书，自然不会说阮大铖什么好话。

阮大铖与东林党人交恶，起于一个官位的争夺。天启四年，吏科都给事中出缺，东林党要人左光斗通知正在家泡病号的阮大铖速速来京递补。但东林党的另两位领袖更属意于魏大中，与阮大铖相比，魏大中更忠于党务，人品清正，社会关系单纯，不像阮大铖那样交际过广，随便和什么人都有说有笑。

这件事也许可以通过坦白的磋商解决，但阮大铖兴冲冲赶到京城时，东林党当事的人认为哄骗他一下也未尝不可。便把出缺的实情隐藏，说了些东张西望的话，建议他暂补工科。已知实情的阮大铖藏起心中的恼恨，以假意报虚情，表面答应左光斗的建议，暗中实行自己的计划，交结魏忠贤的外甥，使自己得到了吏科都给事中的要职。

几年里还有些别的事情发生。但阮大铖被目为叛徒，后来名列逆案，一连串事故，种根于此。

阮大铖是个官迷。他说，宁可终生无子，不可一日无官。他本是出色的诗人和戏曲家，在文字和音乐上有双重的才能。废居期间，他写了两千首诗，十一部传奇。有名的《春灯谜》和《燕子笺》，都是这时候的作品。可惜，他却非想当官不可。

阮大铖降清后，有件事情，颇可见出这个人的性格：在行军路上，他每晚到清将帐中聊大天，一直聊到对方实在支持不住，鼾声大起，他才作罢。天刚亮他又来了，东拉西扯，强给人家念自己的诗。折腾完一个再换一个，遍历诸帐，人人不堪其苦，只好劝他稍歇一歇，也劝不住。——他确实是个不堪寂寞的人。

在另一方面，中国正统的好人主义，擅长干两种事，一种是逼娼为良，另一种是逼良为娼。阮大铖与东林交恶，仕途断绝，好生后悔。此后一直想办法与东林拉关系，但东林，特别是后来的复社人物，不给他机会，而且声讨愈力，争相毁阮以博高名。

举小事看。阮大铖在家里请周钟等人吃饭，周钟的弟弟后至，一语不合，就推翻饭桌，砸坏座椅，而周钟并不觉得需要为他弟弟的行为说句道歉的话。

举中事看。崇祯十四年，东林再推周延儒出任首辅，需要一大笔活动经费（给司礼太监的贿金），中间阮大铖出了一万金。东林既肯用他的钱，然后继续压制他，阮只好觉得投效无门了。

举大事看。阮大铖寓在南京写诗编戏，按说不碍别人的什么事。崇祯十一年，来考试的社局中人在南京玩得开心之余，听说阮大胡子过得颇逍遥自在，愤恨起来，撰《留都防乱公揭》，以集体的力量来驱逐他。痛打落水狗是又英雄又稳当的事，正是明末人所擅长。

虽然仇怨已如此之深，弘光朝间阮大铖复出后，一开始并不是东林的大敌，他的野心原本有限，不过欲得一方面之专，牛皮闪闪小放一光彩耳。而东林死力相争，必欲去阮，劲头远在抗清之上，似乎天下兴亡，全系一阮之进退。阮大铖固非志节之士，既然流芳路塞，竟尔遗臭心甘。在他的反噬下，东林党遭受重创，而弘光之偏安，也由于内部的争斗，终至崩溃。

明亡后，也有东林人士检讨当年对阮大铖持之过急，绝之过严。但这类检讨并非主流，主流仍是"捉坏蛋"

运动。主流的观念是，国之兴亡取决于治国者的道德水平，刘宗周说"世道之祸，酿于人心"，只要把坏蛋都捉出来，天下自然大治。黄宗羲则说"君子小人无两立之理"，天生地不共戴天，这是个非常危险的观念，在当时却顺理成章，不受怀疑。

东林之集矢于阮大铖，因为团体需要公敌，来把集体凝聚起来；更重要的是，好人主义需要坏人，来做制度性失败的替罪羊。西谚有云：Hate the game，don't hate the player（字面意思是：恨游戏，不恨玩家。——编者注）。我们的传统反是。

进一步说，失败有时也是目标。"为了失败而斗争"，这话听着虽怪，偶尔也是实情。东林党中后期的一些作为，从某种逻辑上说，望似并不愿取得实际的政治成效，倒像是巴不得被镇压，以轰轰烈烈地失败。——并不是说当时真有人这么想，但人扮演被分配的角色，并不需要心里明白。如果东林党全面接管政治，丝毫不能挽回明王朝的颓势，崇祯朝的经历已可验证这一点，那么泛道德主义的破产，当无可逃避。失诸朝而得诸野，唯有政局的失败，才能维系教义的稳固；王朝的灭亡，掩护了思潮，使之得以长存；何况悲剧给人机会以成为烈士，其中包括那些若值喜剧只能扮演丑角的人。

# 李光地：彼此即是非

人对自己不满，多半要移怒于他人，所以北宋人平和，南宋人脾气就坏，盛唐人宽松，晚唐人就苛细。吴三桂在清代的名声何以如此不堪？若说是因为引满洲兵入关，则大家都是"本朝的人"，马不说驴脸长；若说是因为造反，而以遗民自任的人，也在骂吴三桂。我想清初的人，尽管已输诚于清室，而且立刻做到忠心耿耿这一老本行，但心里多少还是有一点不自在的。这种不安，自己对自己都不会承认，其表现，大概也只在痛哭吴三桂之类的事情上。

吴三桂倡乱的时候，耿精忠在福建响应。翰林院编修李光地回家探亲，陷在福建。耿精忠知道他的名气，派人召他来福州做官。耿精忠的官，李光地是不敢做的，但也不敢坚拒，只好去福州应付一下。在福州他遇见了境遇相同的陈梦雷。陈梦雷也是福建人，与李光地同榜进士，而且一起在翰林院做编修，二人既是同乡，又是同年，且是同僚，关系自然亲密。

这时陈梦雷已经被迫入了耿精忠的幕。两人在陈家多次密议，到底商量些什么，后来各有各的说辞，无法征实；可知的大概是由陈梦雷在福州虚与委蛇，李光地则回乡隐遁，设法通消息于朝廷，以为后地。接下来的一年里，两人遣家人往来商议，在第二年，李光地写了一封效忠信，封在蜡丸里，让仆人送交清方。这篇上疏，李光地只署自己的名字，种下了后面的是非。三藩乱平，李光地因此疏升为侍读学士，陈梦雷名列逆案，免死流放到关外。陈梦雷一开始不知道是怎么回事。后来知道自己阙名蜡疏，入案后李光地又不曾给他分辩，暴跳如雷，便写了封公开信，把此事向朝野公布。

这便是"蜡丸案"的约略。中间种种细节，两人的说法，简直没一样是相同的。我辈后人，不好遽定谁是谁非，便在当时，也难以求证。毕竟是暗室之言，天知地知你知我知的事，天地又不说话，则只好听他们两个吵。但舆论却是一边倒，只有李光地的亲友门生，为他辩护，此外朝野一词，都说他卖友求荣，种种不对。靠着康熙的保护，李光地在官场终能屹立不倒，但他的声名，从此也糟糕得很。到了大学者全祖望也来痛诋的时候，一顶"伪道学"的帽子，李光地算是稳稳地戴定。

康熙朝的名臣中，李光地的作风还算过得去。他的政敌徐乾学，做过的一些事情，就远更不堪，然而名声不恶。那时的舆论很严厉，如果谁有一点丑闻，大家一拥而上，深揭猛批，尽性而去，好比一群道德的掠食者，每天在等新食物，一发现别人的毛病，立刻精神抖擞。李光地自己是词臣出身，也没做过十分出格的事，而不见容于清议，他后来回想，总以为是政敌从中构间，其实还是自己做错了事，且赶上一个不容错的时代。

蜡丸案本已不清不楚，为李光地辩护的人，又造出种种新说，甚至削改他的日记，使事情更加淆乱。其实要为李光地辩护，与其否认整件事情，不如解释一下他的性格。上疏时没有署陈梦雷的名字，或是一时私心；至于不主动解救陈梦雷，或可解释为新进学士，不敢在皇帝面前张嘴。李光地自己若能坦承其过，也不至于越陷越深，且终身被环伺着，一有小辫子就有许多手抢上来抓。

哪些是人性的弱点，哪些是邪恶，那时的人并不去分别。事实上，李光地自己也信奉的道德哲学，就想消灭人性的弱点，甚至逼人为善。劝善与逼善是有分别的，因为道德命题并不对称。我们可以说让梨是高尚的，而不可以就此反推不让梨就不高尚，不道德，无耻，该打屁股。提倡美德，是鼓励性的；推行规范，是禁止性的。规范禁止杀人，但我们很少会在日记里写下"今天又没杀人"，以为做了好事，沾沾自喜。反过来，人没有达到某种美德，不意味其在道德上有缺陷。经常发生的是，那些鼓励性、建议性的伦理信条，被不正确地逆推后，产生了一种压迫性的道德环境。

李光地本来信行王阳明的学说，后来阿附皇帝的心意，改宗程朱。程朱学说中的道德哲学部分，是一种压迫理论，所以李光地也没什么可抱怨的。他是上疏搭救过陈梦雷的，只是并不很主动，连疏子也是别人代草的，在同时人眼中，这就是恶，而且做得太晚，近于引西江之水，以济涸辙之鲋。这类严厉的态度，李光地自己也有，当然在别人的事情上。他的日记，详详细细地记了些别人的丑闻，虽然把语气克制得不那么幸灾乐祸，仍然是辞若有憾，心实喜之。

改善自我评价最便捷的办法，是发现别人的错处，力批之，特别是对那些自己也犯过、有可能犯、想犯而不敢犯的错误，更要大力挞伐。所以通常，我们看一个人最喜欢抨击哪类事情，便猜他最受哪些事的吸引，可有一半的准确率。当然最好还是不这么做，猜想别人的动机，实在不是什么好习惯。

# 熊赐履：如何天理胜人欲

康熙一朝，道学家的日子过得不错，上谢天恩，下谢熊赐履。康熙初年，痛感满人的一套不敷治国之用，熊赐履以朱熹之学进献，顿时填补了国家的一项空白。康熙朝的理学名臣一大批，熊赐履算得上是御前首席理论家，头一名帝师。

他的理论并没什么出奇，捧紧朱子，力诋其余而已；他的学问也一般，不过是熟读四书五经、性理大全。但在那时，熟读性理大全，善磕头，便可为名臣，老熊已算是庸中佼佼。

理学是道德性命之学，理学家须得小心翼翼，经营道德的名声。如果名声坏了，学说立刻动摇。熊赐履脾气拙直，好发议论，不很懂得眉高眼低，常当面给人下不来台，暗中得罪些人，但除了下面要讲到的嚼签子一事，没有更多的丑闻，可见行止还算过得去，留在外面的把柄不多。比如在今人视为大节的清廉方面，他死后，据江宁织造曹寅探访，家产不过值数千两，看来他并不贪。

但在康熙十五年，出了一件事。时任武英殿大学士的熊赐履，某日代拟批旨，一不小心，把陕西来的一个题本批错了。熊赐履明白过来后，想必急了一夜，次日起个大早，五更时分便赶到内阁，支开中书，把自己的草签嚼下肚里，再将批错的票签，栽到另一位大学士杜立德的头上，自己则换过杜立德的本子，另批几句，以充其数。

他挑中杜立德，因为此人一向迷糊。杜立德一上班，他便迎上去说：您老又批错了。没想到杜立德今天偏偏明白，坚称这一本自己从来就没看过，接着又发现签纸短了一截（熊赐履改签时裁去原题所致），叫来中书，说他作弊，要拿要打。内阁中吵成一团，保和殿大学士索额图也不能分辨。

其实，偶尔批错个票签，不是什么大事，就算时当三藩之乱，康熙火气盛些，也不会拿熊老师怎么样。熊赐履将此事看得如此之重，却不知已将一生讲求的理学，看得十分轻了。杜立德不肯认下这笔糊涂账时，如果熊赐履悬崖勒马，小声认错，也不会弄到后来那样。用他自己的话说，正是"每有一息之差，而成终身之谬"。

正吵的时候，一个满学士过来揭发，说他头晚在亲戚家丧事守夜，今天过来得早，在南炕上躺着，看见熊大人检本，口内嚼了一签子。这一下熊赐履立刻哑口无言，可怜满腹道德文章，化不出一字辩语。事情被索额图奏到上面，熊赐履落职回家。

在所有的错误中，软弱的错误，是人们最愿意腾口讥评的。出了这种事，最容易落到声名狼藉。好在熊赐履以前名声尚可，门生遍天下，不缺帮他辩护的，反正外人不得见阁中的事，传来传去，多数人相信他是冤枉的，是为索额图所陷。但熊赐履得罪过的人中，有另一位理学家，阴沉多智的李光地。

李光地在翰林院时正逢熊赐履掌院，说起来算是半个门生，而且他的出头，颇得益于熊赐履的推荐，但后来二人争宠，熊赐履在康熙面前说李光地"一字不识，皆剽窃他人议论乱讲"；李光地自称通易理，熊赐履则说他讲《易经》的书"一字不通"；李光地迎合康熙喜好，习观星术，熊赐履则说他"天下的星，他一个也认不得"。李光地恼羞成怒，后将嚼签子这件事的原委，打听详细，添油加酱，兴致勃勃地到处宣讲。这一来熊赐履可就成为士林之羞了。

熊赐履后来重出，又做大官，但因此事，一生怏怏。可不是嘛，按他遵奉的理论，道德乃是向圣贤那里习得的，怎么学来学去，学到这个田地？他宣称谨守朱子，则亦朱子矣，但朱子何曾做过这样的事？他在经筵上讲，人心和道心之间，只有一步之差，一定要精察谨守，才可保证人欲去尽，天理纯全；但为区区一枚签子，便把这差别混淆，道学家如此，凡人可怎么办？

细看熊赐履一生事迹，其他并没什么特别不当处，用李光地的话说，若早点死掉，便成完人。——完人自然不是的，不过若无此案，保住醇儒的名声，不成问题。便是嚼签子一事，虽然丑些，毕竟算不上什么大凶大恶，只是对一个理学家来说，人格的破产，意味着学说的破产，而奔走御前，要保住人格也难。

贰

世事·人情

# 朱元璋：得天下者得民心

古代，帝王得天下，总要说上膺天命，下餍民心，而非智竞力争而来。天命如何，人不知鬼不觉，你说什么便是什么好了；至于民心，似乎是有些准儿的事，所以不但帝王借此来合成王朝的合法性，老百姓也跟腔学调，拿它来增加自己的幸福感：瞧啊，我就是天视天听的民！我就是载舟覆舟的水！还有格言："得民心者得天下"——很动听，然而可惜，是句谎言。

一天，朱元璋微服出行，走到三山街，在一个老太太门口歇脚。听说老太太是苏州人，便问张士诚在苏州如何。老太太说，张士诚不战而降，苏州人不受兵戈之苦，很感念他的恩德。第二天朱元璋在朝中发牢骚：京师十万人，怎么没有一个人能像这个老太太，背地里说我的好？

张士诚为人宽厚，比朱元璋更得人心，但得天下的不是他。朱元璋起兵后行"寨粮""检括"，与剽掠无异，却能得天下。他高兴地说："大明日出照天下，五湖四海暖融融。"这位弥赛亚，对民心很可能别有自己的见解。比如，他或许已觉察到民心和民意是两回事。曾有十三人因为说"朝廷法度厉害"，全家成年男子都被处死，妇女流放；他的一条有名的榜令，是禁止人"不思朝廷凡事自有公论，但不满所欲，便生议论，捏写匿名文书，贴在街巷墙壁"，违者全家处死。——管不了你的心，还管不了你的嘴呀？未得表露的民心，总没什么大用。

史书里总有许多材料，证明开国皇帝得民心以得天下，亡国皇帝反之。那些都是剪裁涂饰过的。朱元璋自己认为元朝之亡，在于纲纪废弛。"胡元以宽而失，朕收平中国，非猛不可。"他治道的中心是使民战栗，而对民心，则是半信半疑。明确提出"得民心者得天下"命题的是孟子。朱元璋下令把《孟子》中不顺耳的话都删掉，其中便包括所有对"民心"的讨论。若全信民心论，他不敢删《孟子》；若全不信，他不必删《孟子》。

流传有许多朱元璋治吏的故事，身受吏治之苦的平民听着很满足。不妨再看看他的治民——

朱元璋畏惧无业游民。《大诰》里明明白白地写着"逸夫处死"。榜文则说，百姓都要就业，外出要知道本人下落，到哪里去，去做什么；人们互相监督，若有人远行不知下落，或日久不回，里甲邻居不告发的，一律充军。另一条是规定看病的、算卦的，都只能在本地行业，不许远游。

按他的榜令，对说谎的人、通奸者和骗子小偷的处罚都是死刑（曾有人偷卖草束，被凌迟处死）。自以为道德无瑕的人，说不定会为此欢呼呢。但你一旦认可了这种任意处置的权力，就不要再抱怨这种权力干涉到你的生活。

比如，同姓结婚的，处死；私改名姓的，处死；违反官定的服式，穿"半截靴"的，处死；违反官定的发型，孩子剃"一搭头"的，阉割；你要喝酒吗？有"乡饮酒礼"，犯者打五十，甚至充军；你要听戏吗？只许演"义夫节妇，孝子贤孙，劝人为善，及欢乐太平者"，别的不但不能演，连戏本子也不能看，"敢有收藏者，全家杀了"。

还有呢。民间的医生，只能称医士、医者，不能称大夫、郎中。梳头人只许称"梳篦人"，或称"整容"，不许称待诏。万一叫错了呢？"治以重罪"。又军人子弟只许演习弓马，否则便是不务正业，学唱的，割舌；下棋的，断手；踢球的，卸脚；做买卖的，充军。要是吹箫呢？"连上唇连鼻尖割了"，看你拿什么吹。

除非明朝人是很特别的一种人民，否则无法想象，这样一位皇帝，这样一种统治，会得什么"民心"。

但在民间，朱皇帝的口碑竟还不错，尤其是与他的为人相比。这已不是"饥者易为食，渴者易为饮"所能解释的了。王朝自马背上得来，得民心不如得士心，得士心不如得军心。"都很狡猾"的士人，一开始或要闹点别扭，迟早要加入新朝以自保。士是民的精神领袖，还是其传记作者。士心一旦收揽，民心也就粗定了。

在底层，个体的人心与整体的民心已有很大的区别，而且，提出民心论的先贤，假设的是处于理想状态中的民人。这种状态，自秦汉以后，怎么可能接近呢？百姓在精神上早被征服，这时再谈什么民心向背，不过是拿幻象来自我娱悦罢了。

朱元璋得到了民心。明朝也得到了，而且靠着士人的越俎代庖，享祚近三百年。看来，"得民心者得天下"虽不是一点道理也没有，但有比它更有道理，也更合实情的一句话，便是"得天下者得民心"。

# 袁崇焕、李陵：此一时彼一时

近日脑子乱。眼睛读袁崇焕事，心里总想起李陵。

汉朝人毕竟是汉朝人。李陵投北，明里暗里，仍有替他辩护的人。汉武帝杀了李陵全家，他不肯回来。但我有时想，如果他回来，且不免于弃市，那么，长安的市民，会有什么反应？

帝制下人民的生活，常受到君主个人事务的影响，鲁酒薄而邯郸围。先是因为武帝对一个女人的爱情，或者说怀念，大宛国就倒了霉。仗打完了，李广利得到海西侯的爵位，而没得到名誉。在朝中没人敢批评皇帝的行为，私下里则物议沸然。同李广利带回来的战利品相比，中国付出的代价太高了。但武帝是这样一种人，批评恰使其更加刚愎，李广利回来两年后，武帝又给他指挥战争的机会，以为他在同大宛国的战事中攒够了军事经验，总不会再出丑。

因为没有显而易见的作战对象，汉人的宿敌匈奴便被挑中了。公元前九十九年开始的一连串对匈奴的用兵，至少在军事上是意义不明的。在这次战争中，李陵像个牺牲品。除战争性质有些特别，李陵获得广泛同情的另个原因，是汉朝人的气质，与后代人不同。汉人也常"替天行怒"。王莽悬首宛市，百姓在下面用石头掷，甚至把他的舌头切开分吃。董卓之诛，长安人欢忭之余，给他肚子插上灯芯。不过这些事发生在乱世。平时，汉朝人不很容易群而暴起。

"明奸"的待遇显然不如"汉奸"。袁崇焕的凌迟，在京师大快人心。去西市的路上，观者如堵，无不咬牙切齿，或者说磨牙磋齿。刽子手从袁身上割下肉来，百姓拥上去抢。刽子手赶之不退，且看出是笔生意，便拿来卖钱。老话虽常说"千刀万剐"，真执行起来，刽子手何尝有那些耐心？但这一回有好生意，事情就不同了。袁崇焕的肉据说卖至一两银子一块；当年刘瑾之诛，仇家买他的肉，也不过一文钱一块。

我忘了提什么事情？北京受过两次大的威胁，一次是土木之变，一次是直接导致袁崇焕被处死的己巳之变。前后差一百八十年，明人的信心消磨光了。建州兵的声势尚不如瓦剌，给京师人的惊吓则远超前者；这便是壮夫和病人的不同，青年和老年的不同。带着不祥的预感，京师人扑向袁崇焕，名曰纾愤，何尝不是在被除心里的恐惧。

如果这些人活得久，能赶上知道袁崇焕是冤枉的，也不会有什么内疚。他们会认为受骗或骗人的是皇帝，而不是他们，他们是在做一件正义的事。道德下降的第一个迹象，就是不关心事实，毕竟，特别在帝制时代，小小百姓，有多少信息来源呢？便在今天，辨别真相，也是累人的事。容易的办法，还是把自己从这一负担解脱，让别人来告诉我谁是"坏人"，我只负责吃掉他。

说回到李陵。那年汉历九月，李陵带领他的五千步兵，从居延出发向北，穿过寒冷的戈壁和干枯的草原，取道阿尔泰山和戈壁之间的平川，一个月后来到杭爱山脉南面的浚稽山。在等待指令的日子里，周围的危险日渐浓重。浚稽山接近匈奴人的腹地，汉军的出现不可能被忽视。终于有一天，对面山梁上闪耀起兵器的光芒，且鞮侯单于亲率的三万骑兵出现在五千汉军面前。

幸运的李陵。有此一战，负亦可以免于人言了。到了袁崇焕时代，中原人和北方民族间的关系，早不像健壮的汉朝人和匈奴人之间那样；人们的性情变了，战争的攻守也不一样。李陵和袁崇焕几乎没什么可比较的，我也不知道是什么，会让我由此而联想及彼。

还要说的是，当年武帝发兵，找的理由是开国皇帝刘邦曾被匈奴人围困于平城这件陈年旧事，并引《春秋》复九世之仇的今文经义为支持，看起来是再无其他道理好讲——除了他对武功无休止的爱好，以及对李广利的眷顾，这两点他虽不必隐瞒，却也不便形诸正式的文告。

　　汉地的农民并不想迁移到草原上，朝野对匈奴人的土地都没有兴趣。一劳永逸地消灭匈奴人是不可能的；把他们从汉国的北方彻底驱逐，同样是不可能的，也是不明智的，因为这片草原又将被别的部落填充，而那完全可能是一个即使不更强大，也至少是一个没有像匈奴人那样领教过汉国的军事能力的部落，然后一切又得从头开始。

# 乾隆：生命在于运动

历代文祸，元朝最少。元人不耐文章，虽说"质胜文则野"，对文人来说，倒是多些活路。因为元代的中原人士一来思念前朝，二来进身无望，所作诗文，怨声一片，若赶上前宋后明，不知会生出多少事端。

镇江人梁栋，宋末进士，入元后以遗民自任，躲在茅山当假道士。梁栋本来与一个叫莫仑的人相好，后来生了嫌隙，跑到官府那里告莫仑诗文谤讪。公报私仇之外，还出卖行业秘密，很是可恶。元官审了些日子，问不出所以然，把莫仑释放。这位梁栋，后来自己也被道士告发，罪名同样是"谤讪"，同样也被无罪开释。

元政自有其宽和之处，让人想起党进的"对韩信说我"，虽然无赖，不无粗朴可亲。今之俗谚有云：就怕流氓有文化。一有文化，就要看书，写书编书的人，可就要倒霉了。或还可补一句：最怕文化不多不少，半通不通，不足以通情达理，恰为为恶之助。朱元璋本来是文盲，自打龙飞，加紧学习，以便文武双全。这一来可苦了别人。人家写文章，如果用上"则""寿""生""取法"等词语，就有可能被他杀死，因为其分别谐音"贼""兽""僧""去发"也。某文官教人写字，习字帖用了篇杜甫的诗，头一句是："舍下笋穿壁"。朱元璋睁开龙眼瞧去，认出笋便是竹，竹朱同音，"穿壁"云云，似在讽刺他为穿窬之盗。后来他寻个由头，把这人杀了。一初和尚是有名的高僧，被朱元璋召进京，献诗一首，内云"羽毛亦是为身累，那得秋林静处栖"。朱元璋怒道：你不想见我，还嫌我法网太密。又把和尚杀了。

朱元璋是精神有毛病的人，不足为例。今天要说的是弘历，或乾隆。乾隆是清朝最大的文学爱好者，活到八十八岁，写了四万四千多首诗（实际上尚多于此，那些他觉得不是杰作的，没有公开发表）。苏轼计算过，"百年里浑教是醉，三万六千场"；八十八而四万四，合是一年五百诗。

清代文字狱，以乾隆年间为最烈。早期的一个大案子，是《坚磨生诗抄》案。胡中藻的这部诗集，平平淡淡，一落在乾隆眼中，立时看出五六十个破绽。"南斗送我南，北斗送我北"是特意南北对举，暗寓贬斥；"清浊"或"浊清"谤及本朝；"裘人"是从《诗经·都人士》里套出的一个典，也成了讥刺满人。胡中藻曾在诗中述及荣聆圣训的经历，有一句为"下眼训平夷"，意思是说皇帝自上视下，乾隆却认为这是在说他眼光低下，狗眼看人低，是可忍孰不可忍。胡中藻被斩立决。

乾隆当了六十年皇帝，发生诗文之狱一百三十多起。每一年写诗五百首，办两件文字狱，而如此长寿，果然是生命在于运动。语又云"上有所好，下必甚焉"，有了这么一位皇帝，一时间朝野告讦成风，竟以罗织人罪为邀宠的捷径，或陷人的深阱。湖北黄梅有一个叫石卓槐的书生，穷极无聊，把自己的诗稿刻成一集，还冒名已故的名人沈德潜，给自己作了篇吹嘘的序文。几年后得罪了一个人，那人便把他的诗集告发，说是逆书；且"作序"的沈德潜，因《一柱楼诗》案的牵连，已被夺谥毁碑。石卓槐是乡下人，爱名慕势是有的，若论反逆，何从谈起？而且他的诗稿，经深文周纳后，最"悖逆"的，也不过是"大道日以没，谁与相维持"之类的大路话。这么件没来由的案子，从知府到总督，办得虎虎有声，最后石卓槐被凌迟处死，妻小没为奴隶。

最有名的文字陷阱，便是"清""明"二字。这两字实在常用，避无可避，皇帝也说不用避。但不怕贼偷，就怕贼惦记，无事则罢，有事谁也禁不起挑剔。有一个老汉叫高治清，因编书被捉进官去，官员一听这名字，已觉得此人必是反逆无疑，何况他编的书里，有"桥畔月来清见底""一色文明接远天"这样的诗句，非反清复明而何？幸好此时乾隆已老，有意放松文网，看到报上来的这个案子，佯怒道："各省查办禁书若如此吹毛求疵，谬加指摘，将使人何所措手足耶？"似乎已忘了始作俑者，正是他自己。帝王发起文字狱，最基本的心理，是做贼心虚，自己知道自己的天下是怎么来的，便以为别人也知道。隋炀帝弑父，才会认为薛道衡赞美文帝是在暗中讽刺自己；武则天杀子，才会一读李贤的《黄台瓜辞》而震怒。元人马上抢得天下，以为理所应当，心中坦然，没兴趣去天天琢磨是不是有人在暗中骂自己。满人接受了汉人的合法性理论，便总觉得自己底气不足，直至杯弓蛇影。孔子说的"小人长戚戚"，此之谓也。

儿童游戏有"官兵捉贼"。如朱元璋者，明明做了官兵，内心深处，仍然贼性不改，不待人说沐猴而冠，自己先蜷起手来，以强盗自任，也算是怪脾气。乾隆晚期以后，天下坐稳，不必事事提防，文字狱也渐渐地少了，只是这时的文人，也渐渐地无聊了。

# 无事和酒读《离骚》

　　东晋王恭说，要想做名士，不必有奇才，只须三样：常无事，痛饮酒，熟读《离骚》。王恭自然意在讽刺，但从古到今，只凭此三样，甚至只一两样，而成名士的，还真是不少。很多人目为酒仙的刘伶，便是一位。他喝酒的故事有名，不用多说，他留下的文字，则有一篇《酒德颂》，统共一百八十八个字。现代人或发愤著书，写一百八十万字，连个水花也溅不起，方之刘伶，可谓笨伯。

　　上古的人，把喝酒看成大事，所谓"酒以成礼"。那时粮食不丰富，酒是奢侈之物，前有卫国婴人索酒不得而谗逐太叔遗，后有汉末孟他用一斗葡萄酒换得凉州刺史；再者，酒对人性可以有强大影响，事例甚多。所以，古人设了许多规矩来节度之。比如按《玉藻》的记载，君子喝三杯酒，脸上要做出三种不同的恭敬表情，三杯之后，就不再喝了。这样的喝酒，在酒徒眼中，等于受罪。

　　古时逸游荒醉的君王，都给写进教科书，成反面典型。以后风气稍异，至六朝时代，忽然大变。人或以为六朝酒风，出于政治混乱，信仰崩圮，士人始作其俑。但那时的人君，实带了些头。春秋时的晋平公饮酣大乐，师旷会把琴砸过来；三国以后的君主，已不吃这一套而改为吃酒。其尤甚者，如晋孝武帝日日为长夜之饮，还对彗星说："劝尔一杯酒。"有名的陈叔宝，亡国后仍欢饮不休，得了个"全无心肝"的雅评。最疯狂的则是宋后废帝刘昱，他的事迹着实精彩，有时竟令人忘其残暴，反觉有趣。

不仅自己喝，还逼人喝。刘表待客，必致之醉，再拿针来扎，看人家是不是真的醉得不省人事。孙权曾因虞翻装醉，差一点手刃这位大学者，幸好被人劝住。他的后代孙皓，御宴一开，无论能饮与否，一率七升，喝不下去的就强灌。宋明帝宴会群臣，竟让御史来督酒，沈文季不肯喝，被驱下殿。在君主中，北方的曹操倒曾禁酒，但收效几无，还被孔融着实讽刺，而犯禁的名士如徐邈者，曹操也没什么办法，最后还夸人家"名不虚立"。

春秋时的庆封，拿妻妾换酒喝，成为《左传》的反角；至汉，司马相如用鹔鹴裘易酒，名声未恶；到六朝，阮孚金貂换酒，便成佳话。春秋时齐桓公酒后三日不朝，被管仲好一顿教训；在六朝，皇甫亮三天不上朝，自称

108

"一日雨，一日醉，一日病酒"，竟得无事；周颙大醉三日，则获雅号"三日仆射"。其余如孔觊任府长史，醉多醒少，人夸他"孔公一月二十九日醉，胜世人二十九日醒也"；谢几卿在办公地点酒后裸睡，还胡乱溲遗，把小便尿到别人身上，反得高名。至于柳盼之骑马入殿，颜延之之不应传诏，谢善勋之大骂，袁山松之挽歌，王忱之裸，钟会之窃，都成雅事，不一而足。

文人如此，武将也如此。春秋时子反醉酒，使楚国输掉了鄢陵之战，回去便引咎自杀。到得六朝时，刺史王大连酗酒失掉东扬州；都督萧明饮后被俘；猛将桓振，醉酒打仗被斩；造反的苏峻，也是喝多了酒去冲阵，死得糊里糊涂，——这类事不少，只是没人自杀。

刘伶名列竹林七贤，可知这个人除了喝酒和发狂，当别有深致。他的《酒德颂》，讲的只是当时的一种流行见识，但专专门门给酒作颂的，他确是第一人。东晋到南朝，建立了一种新风尚，那就是酗酒，如果还没有算得上美德的话，至少不是恶行。沾名士的光，我们普通男人，也以醉酒为荣。常听人把自己痛饮的故事，不厌其烦，有滋有味地历数，温克的人倒只好坐在一边听着，且面有惭色。——我们早已习惯了这种风俗，觉不出其古怪，而实际上，它是很不合情理的事。有一位萧琛，在御筵喝醉，用枣子掷皇帝，正中其脸，皇帝也没拿他怎么样，"不责醉"是也。君臣之礼是很严肃的事，如没有这一类的故事来冲淡，就显得残酷了。一般来说，越是自我节制的风俗，产生的醉汉越多。古代优容醉人，未尝不是"给人留条活路"。反正这条路只是幻象，于大局无碍。在饮者一方，暂得宽缓，便以为酒能令人自远。——也罢，如果连这点快乐也要反对，未免太扫兴了。

# 人心惟危

地域的话题，有时是危险的，有时是有趣的，尽管任何时候都是无聊的。肆口批评其他地方的人，既排遣心中多余的恶意，又可取悦自己的族群，自古是人们喜欢的娱乐。在普通的时代，在普通的性格中间，它多半无伤大雅，只要机智的成分，远超愤怒或仇恨。

但对有些人来说，什么事情都会演成让人诧异的形态。明代中叶的大臣焦芳，对江西人的愤怒，几至常情难以测度。焦芳因为党附太监刘瑾，在明代的名声很不好。其实，他的劣迹并不丰富，只是性格褊急狭隘，每生一点恨意，便存在心里任其酝酿。他日常专以说江西人的坏话为乐，曾裁减江西的乡试名额，主修孝宗实录，则对江西籍的大臣任意丑诋，还举前朝名臣如王安石、吴澄的例子，说他们败乱国政，结论是不能"滥用江西人"。

通常以为，焦芳受过江西籍阁臣的气，故移怒于全省。但官场中的摩擦，本是顶普通的事情，何至如此？

此人大概与人交往有一点障碍，积累下许多怨恨，江西云云，不过适得其会，易于发泄耳。明代人原本喜欢说江西人的坏话，《金瓶梅》中有段对话，一位说，那人这么蹊跷，肯定是江西人；另一位说，他虽然确是江西人，但并不蹊跷，——可见江西人常给戴上"蹊跷"的帽子。

那时江西人善做生意，在农业社会，这已足够成为嫉恨的理由了。远在更古的时候，齐地的人因为长于经商，屡被各地的人攻击。楚王曾当着晏子的面讽刺齐人善盗，悻悻之意，溢于言外；直到南北朝的时候，仍有人詈骂齐地风俗浅薄，专慕荣利，给齐地士子起外号叫"慕势诸郎"，甚至流传一个"怀砖"的故事，说太守初上任，齐地的百姓怀里揣着一块砖来磕头奉承（砖触地会很响），等到太守卸任，又怀砖而来，这次是来砸他。这种故事，一听就是编派的。

明代一位首辅李贤，说江西人把河南人的钱都弄光了。另一个叫王士性的人，说江西商人善做无本生意，"张空拳以笼百务，虚往实归"，意思相当于今天人们说的"空手套白狼"。农业社会对商人的最初反应，便是如此。焦芳敢和江西全省的人作对，因时乘便罢了。只是他的心理实在问题不小，余怒未了，又把整体的南方人骂在一起。在朝中每次罢退一位南方人，就欣欣自喜，高兴上老半天。

南北之争是老话头。元明之后，这一争论本来已近乎复。热闹的时候是在北宋，太祖赵匡胤前无古人，后无来者，明令不得用南人为宰相。这一离奇的政策施行了两朝，直到宋真宗时王钦若入相，才告终结。但那时分歧仍然存在，有名的寇准，便一直排挤南人。他试图压抑晏殊，理由只是晏殊是江西人；又曾在真宗面前敲边鼓，挤掉了一位南方人当状元的机会，下朝后洋洋得意地说："又为北方人争得一状元。"北宋前期，北方状元二十四人，南方状元七人，便有地域歧视的成分在，而不能据此认为那时北方人的书念得更好。

　　寇准的洋洋得意，与焦芳的欣欣自喜，是很不一样的笑容。宋人平和，南北之纷纭从未构成祸端，或引出激烈可骇的言论。后来，大家一股脑儿跑到江南避难，更是不要提了。真正的南北之争，出在东晋至隋这么一个长长的时代里，因其牵扯了政权、文化、士族、民族诸多方面，利益相涉，表现得格外激烈。

　　一次著名的辩论，发生在公元五二九年。主辩的双方，一是南梁的使臣陈庆之，一是北魏的大夫杨元慎。陈庆之在酒席间说到北方是蛮夷猾夏，正统还是在南方政权，引出杨元慎一大篇演说。杨元慎第一攻击南方的风土，说那里气候潮湿，多生虫蚊，人皆断发文身，舟行水息；第二攻击南方的口音；第三攻击南方的政治，举刘劭、山阴公主等为例，以证其荒暴。

在我们今天看来，这些主张都很可笑，不能服人，反自见其狭隘。清儒顾炎武论南北学术弱点，说北方是饱食终日，无所用心，南方是群居终日，言不及义。杨元慎的说辞，字字句句倒是言不及义。话说得越铿铿锵锵，越显得有所不能自喻，不然为什么这么愤怒？后来陈庆之病了，杨元慎还跑到人家家里，说了些更难听的话，号称咒鬼，实则骂人。人常以攻击性的行为掩饰不安，此即一例。

争斗总是为利益所驱动的。但人们争来争去，往往忘了当初的目的，或那目的早已不复存在，则只剩下无聊了。杨元慎的论辩术，至今仍在流行，一是人们历两千年也学不会个逻辑，二是人总是无聊的时候居多，一无聊便会纵容自己的不良情绪，而不管其高下了。

"南方之强与？北方之强与？"连孔圣人也对这类话题有兴趣，何况庸常。偶尔读点历史的一种用处，就是认识自己心中各路角色的面目。谁心里没有个焦芳，谁心里没有个杨元慎呢？只是有时我们不能自见，有时见而不知其名罢了。

# 庾信文章岂老成

六世纪的庾信，是古体时代最后一位大诗人。他本来在梁朝为官，后来羁留北朝，终身不得南还。现在的人承认他的杰出，但在唐初，他给看成"辞赋之罪人"。勉强说他好的，也认为他到北方后受了些风霜历练，这才华实相扶，而以前的诗文，尽是郑卫之音。杜甫是为庾信力辩的第一个大人物，但也说"庾信文章老更成""暮年诗赋动江关"。

庾信的身后名，和一种主流观念有关。唐人认为文章是用来载道、明道的，如果不包含些大道理，就等于没道理，假如文字再好看些，便成靡靡之音，可以导致亡国（持此论者显然相信靡靡之音比正音的影响力大）。古人想不明白为什么王朝一个接一个地倒掉，他们琢磨出的原因，有些有道理的，也有些不着边际的，女人祸水论是一个，文学亡国论是另一个。

此外便是南北之争。庾信的时代，北方的文化比南方落后。当年晋室南渡，带走一大批士人。中原为五胡所据，河洛关中，尽沦左衽。从民族融合方面说，这是好事，但在文化上，要恢复旧观，尚须时日。庾信刚到北方时，人问他北地文士如何，他说只一两个人还凑合，其余不过是"驴鸣犬吠，聒耳而已"。

不仅他这么说，北方文人，也常南瞻而自失。北魏人以拥有温子升为荣，说他一个人就可颉颃南方颜延之和谢灵运，再加上沈约和任昉。——话虽然说得骄傲，其实没底气，还是在以南方文学为准绳。魏收和邢邵，是温子升之外最出色的两个北方著作家，但他们互相攻击，邢邵说魏收偷窃任昉，魏收说邢邵"常于沈约集中做贼"。

中国人口和赋税的重心南移，是宋以后才发生的，一直到明清，才有黄河不可恃，漕运倒关乎民生，甚至有俗谚云"黄河是败家子，运河是聚宝盆"的事。本来，直到秦汉，社会发展程度一直以北方为高，北方又以河南为最发达，所谓"豫州人士半天下"。孙策以淮泗人的身份建立政权于东吴，是一个重要的融合。至永嘉之乱后，中原衣冠南渡，遂成空前的南北交流。

因为关乎利益和风俗，当时的人，对这种融合，并不都能以平常心待之。司马越到了南方，人地两生，全靠顾荣的接引，才立得住脚。后来便有一位丘灵鞠说：我真想刨了顾荣的坟，江南本来多好啊，顾荣忽然引来这些"伧"辈，死有余罪。——"伧"是那时南方人骂北方人的话，北方人则呼南人为"貉"。陆机当了大都督，一个小都督竟敢骂他为"貉奴"，因为北方人的势力大。晋室虽然仓皇而至，后来也竟反客为主。所以一些本地人不高兴，要骂顾荣。

这种不高兴也发生在北方。

在庾信时代，从北方南迁的侨姓，都自认为南人。但随着北朝的军事胜利，南方的人才又回流，如北周攻下荆襄之地，江陵人士多徙关中，隋朝灭陈，南人更是大规模北迁，杨广一个人便收罗学士逾万人，其中大多是南士。

南士受到重视，北方的文士，自然不高兴。隋代的王通，是当时北方最大的著作家，他把南人骂了个遍。他说谢灵运和沈约都是小人，鲍照、江淹为狷，吴筠、孔稚珪为狂，谢庄、王融格调纤病，徐陵、庾信夸夸其谈，谢朓浅薄，江总诡谲。——总之没好人了。庾信是南方文风的集大成者，自然要成北矢之的。

王通代表着隋唐之际北方文士的态度。政治上的胜利者，自然不愿低下文化的头颅。北方文人批评南方文学情胜于理，文过于质，进而把南方的政治失败，归因于这种文学的腐化作用（胜利者经常以为自己在每一方面都胜利了）。注重风格的文学是坏的，而坏的文学可以亡国，——很不幸，这种观念成为主流，生存至今。相反的议论，我只记得钱钟书曾说庾信早年的文章最好，至于流落北地后的诗文，慷慨之意虽然好，文字却无足称了。

梁简文帝曾说，立身须谨重，文章须放荡。后人反是。自唐以后，圣道没见到弘扬多少，国祚没见到延寿多少，而文章倒成功地弄得无趣了。喜欢趣味的，由文被逼入诗，又逃诗入词，逃词入曲，又逃到小说，最后小说里也全是大道，这时人们方心满意足，吮大拇指而发呆矣。

# 夏姬：放纵的权利

历史爱好者喜欢的一个题目，是"你最愿意生活在哪个时代"。对这个问题的回答，取决于自己在想象中的身份。要是想当皇帝，清朝最适合你；要是做农民，哪个朝代都差不多。文人喜欢宋朝，士兵怀念晚唐或五代。如果想当宦官呢？这不太像个好志愿，不过，万一真有人心怀这样的抱负，我建议他回到明朝。

对女性来说呢？不知道。

也许春秋时代是个选择。我喜欢春秋，那时天下未定，不仅是在政治上，是在一切方面，包括种种观念和风俗，所以机会显得很多，像只又圆又光滑的蛋，包孕得如此之好，你不会想到以后会孵化出什么。春秋的另一个好处，是那时的人讲究体面。哪怕是在最残酷的事务——战争中，都客客气气的。很少有偷袭的事，宣战一方总会辞令优美地说，对不起，我要打您了；另一方也同样优美地说，我不得不还手，实在是没办法，抱歉得很。

对一些出格的事情，也不如后来那样暴跳如雷般地过敏。

夏姬的事是很好的例子。这位中国的海伦出身郑国的公室，她的第一个丈夫，年轻时就死了，第二任丈夫，陈国的御叔，在生下一个儿子后也去世了。若干年后，放肆的夏姬和陈灵公私通，大臣孔宁和仪行父也是她公开的情夫。这三个人四处宣扬，欣欣得意。有一次在夏家饮酒，陈灵公对仪行父说，你看徵舒，长得多么像你呀。仪行父说，也像您呀。这个下流的玩笑使夏姬的儿子徵舒再也不堪其辱。徵舒埋伏下箭士，在陈灵公离开时把他射死了。

这只是故事的开头。徵舒自立为陈侯。一直想扩张的楚国借机主持正义，攻破陈国，杀死徵舒，顺便把夏姬掳到楚国。楚庄王想自己娶夏姬为妻，屈巫进谏说：您不能这么做。您召集诸侯伐陈，名义是声讨罪恶。如果娶了夏姬，人们就会以为您发动战争的真实目的是想得到夏姬……

后面还有一篇大道理。楚庄王只好作罢。楚国的上卿子反也想娶夏姬，屈巫又劝阻说：

"这是个不祥的女人。她先克死了两任丈夫，后又害死了陈灵公和她自己的儿子。人活一辈子不容易，何苦要自陷于那样的危险？天下美妇人多得多，为什么非得娶她呢？"

子反也被吓退了。最后，不怕死的襄老娶到了夏姬。第二年，晋楚间发生了著名的邲之战，襄老战死。

屈巫一直是正言正行的人。没有证据能说明他此前的议论，是竞争的策略，好让自己能娶到夏姬。肯定是后来发生了一些事情，多半是他见到了夏姬，便被征服，大大地改变了心意。襄老死后，襄老的儿子居然还想把夏姬娶过来，屈巫坐不住了，把自己那一番大道理抛诸脑后，派人给夏姬送信说：你先返回郑国，我一定会娶你为妻。屈巫使了种种巧妙手段，哄过了楚王，终于娶到了夏姬。

这位从前的"祸水论"者，从前的直臣拂士，便这样向爱情投降。屈巫在楚国心不自安，索性携夏姬逃到晋国，在那里给楚国捣了许多乱。夏姬的故事到此总算结束，她和屈巫留下一个女儿，后来嫁给了晋国的名臣叔向。

史籍不曾描述夏姬颠倒众生的容色，人们只好去想象。后世的正人君子，想象之后吁一口气，着手攻击夏姬。刘向《列女传》说她"殆误楚庄，败乱巫臣"，不过是祸水论的老调。而在春秋时期，夏姬的名声虽然不好，也绝不曾坏到人人攻之，要她替世道人心负责的地步。在春秋人眼里，她是一个多情而放纵的美丽女人，如此而已。

春秋人对许多后世视为比天还大的事情，都持松弛的态度。战国时还有这样的遗风。楚攻韩，韩求救于秦。秦宣太后向韩国的使者解释秦国无力救援，是这样说的："妾事先王也，先王以其髀加妾之身，妾困不支也；尽置其身妾之上，而妾弗重也，何也？以其少有利焉。……夫救韩之危，日费千金，独不可使妾少有利焉？"

脸皮薄的也有。孔子见南子便是有名的故事。其实，逾礼的事孔子是不会做的，南子虽然名声不好，但求见孔子，也只是致敬之意，当时，君夫人会见外臣，是常见的事。但子路竟然生疑，而孔子也指天划日地发誓。——所以说春秋时代包含着各种观念的苗头。到了后儒那里，对此事看得比孔子还重，腾口辩说不甘人后，本来挺干净的一件事，让他们越描越黑。

私通不是好事情。但它确实也标志着女性的社会处境。《诗经》中的下层妇女可以自由恋爱，《左传》中公卿大夫相当多地私通，说明那时的女性，尚有社交的机会。到了后世，私通几乎只发生于社会的两端，平民与皇族，前者迫于生计，没办法把女人关在屋子里，后者拥有特别的权势，可越轨而不受追究。在地主和士大夫阶层，私通的事情极为罕见，因为这些家庭的女性，与外界隔离。女性的放纵终于被镇压下去了，男性的放纵则越发地没有检束，当然，他们的放纵，不外乎通过买卖与抢夺这两种形式来实现。

# 荀粲：古来哪有望妻石

荀粲字奉倩，魏晋时的名士。他的父亲是荀彧，岳父是曹洪，都是《三国演义》的读者所熟悉的人物。荀粲以玄学名家，但最出风头的，是他对女性的议论。他说，妇人的才、德都不重要，要紧的只是容貌。如此想和做的人当有许多（不然孔子就不会抱怨"吾未见好德如好色者"了），如此说的，他可是头一个。后来他践行自己的主张，听说曹洪的女儿生得好看，设法娶了过来。

在今天，对这样的见解，不要说女性主义者和道学先生，便是普通人，也要反对，至少在口头上。在荀奉倩的时代，那也是离经叛道。妇女四行，德言容工，德行居首。至于容貌，按班昭《女诫》的规定，不必颜色美丽，讲卫生，常沐浴，便是容了。在正统的见解中，女性的美丽是危险之物。甚至，美人本身便是祸乱之萌，万一遇到姜太公，是要被"掩面而斩"的；除非她另有某种奇特的性格，善于制止男性的亲近之心。

按教科书，荀奉倩重色轻德的结合，一定不会牢靠，总要弄出些乱子，不是亡国，就是破家。令人失望的是，荀奉倩婚后，夫妻情好至笃。好到什么程度呢？曹夫人生了重病，虽在冬天，身体燥热。荀奉倩便到院子里，以身取冷，再回来用身子为太太降温。

曹夫人最终还是不起。荀奉倩痛悼神伤，不能自已。朋友傅嘏劝慰说：才色并茂固然难遇，至于你，只讲容貌，得人并不为难，又何必如此伤心？荀奉倩说：佳人难再得，逝者虽然算不上倾城之貌，毕竟是难得的颜色啊。他天天伤心，天天伤心，过了一年，自己也死了，死时不到三十岁。

可怜荀奉倩，死得不明白。在《诗经》之后，唐宋之前，中国士大夫的心中没有"爱情"这一范畴。这不是说他们不会恋爱，是说他们不知道自己感情的性质。司马迁曾很正确地说："妃匹之爱"，连威君严父也没办法制止。但对这种情感，诸子百家都无所议论。上古到中古前期，"情""爱"这些词都意义宽泛，我们现在所说的"爱情"，那时并没有一种词语来专门形容之。比较相近的，是"宠""嬖""惑"之类，又都不是什么好话，不知其名而强字之。虞姬的故事流传广，在《史记》中，对她和项羽的关系，用三个字来概括："常幸从"。汉武帝爱李夫人，叫作"有宠"；韩寿偷香，出于"心动"。

如果抛开民间文学，在主流的诗文或史乘中，男性的爱情，找不到描述（如前所说，这里讲的仍然是唐宋以前的情况）。能称得上是描述的，或出自女性笔下，或以女性为主角。难道如《女诫》所说：三代昏主，乃有嬖妾，而达人正士压根儿就不会发生那种软弱的感情？——不会的。爱情每天都在发生，只是不得其人以载记之。甄皇后《塘上行》中有这么几句："想见君颜色，感结伤心脾。念君常苦悲，夜夜不能寐。"而对男性一方的类似描述，在士大夫笔下，一行也没有。

再看另一件事。竹林七贤之一的阮咸，与姑母家的一个使女偷情。阮咸服母丧期间，这位姑母到别处去，带走使女。阮咸正会客，听到消息，跳上客人的驴子，飞奔赶上，和这个使女共驴而归。这时他还穿着丧服呢。人们自然有许多议论。阮咸的解释是："人种不可失！"——瞧，阮咸也不谈感情。他的以嗣继为辞，正如荀奉倩的以容色为辞。

当代人与荀奉倩在天堂相见，彼此说起往事，当代人告诉他："您老兄这是恋上爱了。"荀奉倩问："什么叫恋爱？"当代人便解释给他，或者拿本正版的爱情指南给他看。大概要到这时，荀奉倩才知道自己的死因。

用汉人的话说："既见嬖近，惑心乃生。"爱情是人之常情，故号称永恒的文学主题。但在唐宋之前，这至多算个潜伏的主题（连《关雎》都给说成是后妃之德呢），与之相干的，倒有妹喜、妲己、褒姒等一连串罪人的名字。对女性一方的相思病，歌咏很多，而在男性一方，不可说，无以说，不知其怎么从来无法光明正大地享受爱情。从南到北，有成百上千的望夫石，可曾见过一块望妻石？

# 吴三桂的信

吴三桂与李自成翻脸时，给见拘在北京的父亲吴襄写了一封"绝义书"，指责吴襄"隐忍偷生，甘心非义，既无孝宽御寇之才，复愧平原骂贼之勇。夫元直荏苒，为母罪人，王陵、赵苞二公，并著英烈……父既不能为忠臣，儿亦安能为孝子哉？"。

韦孝宽是北朝时的名将，平原指的是三国时的祢衡。信中提到的另几个人，徐庶为了母亲弃刘投曹，王陵、赵苞则相反。项羽将王陵的母亲请到军中，想把王陵招来，王母则暗托使者告诉王陵不要以己为意。赵苞守郡，鲜卑人捉到他的母亲，推到军前，赵苞认为为臣之义，不得顾私恩，拒绝鲜卑人的要挟。

人一多，时间一长，什么样的典型都不会少，不论做什么事，总不愁找不到先例，以给自己开脱。只是"大义灭亲"这种事，做则不妨，但调子一定要唱准，该哭就要哭，该呕血就要呕血，而且，只能以大义为辞，怎么好以灭亲为期？信虽是记室写的，但必定句句是吴三桂的授意，把责任一股脑推到父亲身上，难免枭獍之讥，丑话说在前面，可谓殊不知体。

人或问，吴三桂连老父都可以不顾，怎么会为了陈圆圆"冲冠一怒"呢？其实，吴三桂决意兴兵时，更是顾不得陈圆圆了。事后吴襄全家都被处死，陈圆圆能活下来，只因为那时她已不被当成吴家的人。吴三桂本来是决定投降李自成的，从山海关率兵南来，走到沙河驿（在今河北迁安），遇到从北京逃出的家人，证实了他以前风闻的一些消息。——"家里还好吧？""依法没收了。""我父没事吧？""依法逮捕了。""那个人（陈圆圆）呢？""依法夺去了。"

三问三答后，吴三桂暴跳如雷，立刻北返，决意与李闯为敌。他的愤怒并非全为陈圆圆，不过，陈圆圆也确实是他的心爱之人。闯军进京后，吴三桂在十天内给吴襄写了六封信，信信提到陈圆圆，超过对父亲的关心。

第一信劝吴襄出逃，"并祈告知陈妾，儿身甚强，嘱伊耐心"。第二信让吴襄归降自保，并打听"陈妾安否，甚为念"。吴襄曾有意让陈圆圆骑马自投山海关，吴三桂听说，在第三信中发急道："如此轻年小女，岂可放令出门？父亲何以失策至此？儿已退兵至关，预备来降，惟此事实不放心。"

吴三桂一怒北归，并没有下定最后的决心。唯恐传闻失实，他又给吴襄写了两信。这第四信最长，不妨全文录之：

> 前日探报，陈妾被刘宗敏掠去，呜呼哀哉，今生不能复见。初不料父亲失算至此。昨乘贼不备，攻破山海关，一面已向清国借兵，本拟长驱直入，深恐陈妾或已回家，或刘宗敏知系儿妾，并未奸杀，以招儿降。一经进兵，反无生理，故飞禀问讯。

是此时犹存幻想。又得吴襄来信，称陈圆圆无恙，但吴三桂此时知道吴襄不能自主，信中的话全不可信，又发第五信，索要陈圆圆无恙的证据，"但求将陈妾、太子两人送来，立刻降顺"。

吴三桂这种人，对女性的态度，现代人已不易捉摸。最稳便的办法，是承认当事人自己的说法，尽量少下裁断。我国的传统是最喜对别人的事下裁断，怎样对怎样不对，应该做什么不应该做什么，如果此类判断每天少于十次，大概就够不上是标准的炎黄子孙。依据是价值观，而价值观是一张价格表，什么在上，什么在下，何者为大，何者为小。但人心九窍，世事万绪，颇有不能为表格所尽者，何况义务表之外，还有对后果的衡量呢。价值冲突的永恒，大概不会在爱情之下，至于黑白分明，那是官方文告和九流小说里才有的事情。

如果我们承认吴三桂对陈圆圆确实爱如生命，又怎么样？公利高于私利，国事重于家事，是大多数人都承认的，但这种观念，实来自后果的考察，而非推理得来。自古的习惯是把它当作义务规定下来，而没有逻辑结构的义务主义，招来的冲突，自然多了去啦。吴三桂是个自利的人，但自利本身是很难责备的。他对明王朝的义务，他对家庭的义务，未必就如后人所想的那么容易取舍。须知古代的家庭观，关系着社会的根本，实在是动摇不得，如历代帝王虽都想拿忠压倒孝，没一个能完全成功的。

做出吴三桂那种选择的，代不乏人，只是很少像他惹出那样大的麻烦。吴三桂一家与满人世代为敌，最后却引辫子兵入关，至多尔衮背盟之后，又一味畏葸，受封平西王，自己也把头发剃了。他自己是想学申包胥的，但假如秦国复楚之后，顺便加以吞并，申包胥也就成吴三桂了，而那并不是他自己能控制的。宋室南渡之后，华夷之防，较前代严得多了，到了吴三桂的时候，申包胥已全不可学。吴三桂是武人，他的幕中怕也没有通晓古今之变的人，来劝一劝他。

何况中间还夹杂着爱情呢。爱情是美好的，但在价值观里，专事捣乱。——这是对现代人而言，古代的评价家，是不怎么拿爱情当一回事的。

# 汪士铎：生女必强撼

　　欧阳修给谢希孟的诗写序，中有一句说她"不幸为女子"，如果给女性主义者读到，欧公又要有麻烦了。但欧阳修并非失言，只是在说实话。古代，女性一直有些倒霉，而若论倒大霉，正是从宋朝开始。宋代理学家对社会生活的干预能力，强而且深远。——早期的理学三巨头中，程颐不用说，有名言"饿死事极小，失节事极大"在；张载曾作《女戒》，第一句话便是"妇道之常，顺惟厥正"；周敦颐则说治国的根本在于治家，而"家人离，必起于妇人"，也就是说，要使天下太平，必须从软柿子开始捏。

　　在北宋，事情还来不及像后来那么糟。改嫁和财产继承的权利，尚有些保障，而社会的风尚，也还开通。宋代多才女，说明着一些事情，因为在古代，读书写诗是社会处境的一种标志。像名臣王安石，家中女性的处境就不错，她们都写诗，他夫人会写"待得明年重把酒，携手那知无雨又无风"，他妹妹会写"草草杯盘供君笑，昏昏灯火话平生"，他女儿会写"极目江山千古恨，依前和泪看黄花"，他侄女会写"不缘燕子穿帘幕，春来春去那得知"。王安石是开明的人，他的儿子精神有些问题，和妻子天天吵架，王安石便给儿媳另寻了个人家，安排她改嫁。

宋代有两个谢希孟。一位是前面提到的女诗人。另一位在南宋，是男性。这位男谢希孟有些意思，曾说"英灵之气，不钟于男子，而钟于妇人"，大概是贾宝玉的先声。但这种话只好算是愤激之言，不足以证明其真实的立场。

另一位出言愤激的，是本篇主角，晚清的汪士铎。这是个怪脾气的学者。他的狷急狂傲，本来也普通，但他死后，有人刊印了他的《乙丙日记》，终于把大家吓了一跳。

《乙丙日记》对女性所发的议论，前无古人，后无来者。汪士铎认为女人数量太多，是世乱之由。所以他的主张之一竟是——"推广溺女"。他甚至要立赏金，来鼓励溺女。家有两女，赋税加倍。而穷人家干脆不允许生养女儿。汪士铎并没有疯。他身后的名声，也不是疯子所能冀求的。——现在，好多人说他是"中国的马尔萨斯"呢。

他还对女性的长寿愤愤不平。他说男子理该活到六十岁,活到五十岁,只算夭折,活到七十,是有福气,八十曰寿,九十曰祥,百年曰大庆。而女性呢?活到二十岁,就是正寿,三十曰"甚"——已经活得太久了。接下来,四十曰变,五十曰殃,六十曰魅。活到七十八十呢? 妖怪。

在对汪士铎愤怒之前,不妨再看看他对身边女性的实际感情。汪士铎幼年家贫,他的母亲自然辛苦得很。他曾回忆母亲在夏天,常吃放坏了的食物,到冬天,手肤龟裂如碎瓷,一生劳瘁,"此士铎所最痛心而不忍一涉想者也,呜呼奈之何哉"。

主张"家有两女倍其赋"的汪士铎自己倒生过五个女儿。他的长女淑芹,在洪杨之乱中投水死,年二十八岁,已经活过了汪所论的二十岁"正寿"。然而,"虽曰正命,然自为人父者,思之则不能不为悲也"。他最钟爱的二女儿淑苹,嫁的人家不好,只活到二十二岁,实死于夫家的虐待。他在日记里颇有痛心之言:"自己不知能活几日,故不接来。知其以后之难,故祝其死也,闻其信,言柴米俱难,故每食辄泪下,无事则为之思,自己无能才拙,身后寡妻犹难顾,如何顾寡女?"二女儿死后,他撰的《仲女哀辞》,最为惨痛。

"爱莫能助"四字,可概括汪士铎对女儿的感受。对女儿的爱怜,对社会和自己的厌憎,日夜煎熬,竟使他移怒于弱者，不能救之于生，竟祝其死。同情心会演变成残忍，固非人情之常，但也不是绝无仅有。

再看他的妻子。汪士铎的第一个妻子老实温顺，有时汪士铎不讲道理，她"亦淡然置之"，似乎是汪士铎心目中的理想妻子。她重病时，家里的日子比先前好过些了，但要省钱给女儿办嫁妆，舍不得求医问药，遂至不起。汪士铎多年后才说："此余之深悔者也。"

因为无子，汪士铎续娶了一位年轻太太，而她在任何一方面，都是前任的反面。二人天天吵架，汪士铎嘴上吵不过，手上打不过，只好偷偷在文字中泄愤，说她种种凶悍，"寻死拼命，多言长舌"，会装病装哭装喘不过气，动不动就打人摔东西。乃诅咒她"死于凌迟之国法"，或"死于拼命之骗人"。

憎恨汪士铎的人或许要说"恶人自有恶人磨"了。这位悍妻，大概刺激出了《乙丙日记》中一些可骇的主张。不过，汪士铎的人口主张，终究不是什么严肃的社会理论。他看到了人口问题，但他的学术背景，使他没有可能提出建设性的主张，只好故为狂怪之言，聊泄心头之闷。他是个极端的例子，其实，古代士大夫对女性的态度，没有一人是不矛盾的。

汪士铎有两句诗，很可玩味："生女必强撼，生男必狡诈。"我读过的愤世之言，当属这两句最尖刻。

# 朱熹、唐仲友：何事辛苦怨斜晖

事不宜以是非论者，十居七八，人不可以善恶论者，十居八九。但是，人性本善还是本恶，这样一种幼稚的问题竟能缠绕中国古典哲学两千年。——哲人要为人间立法，需要若干下脚处，在道德法便是一切法的体系中，不可分析的人心不能不有本原的地位。

哲学家也会成为自己的哲学的受害者。朱熹劾唐仲友一案，当时的人已纷纷猜疑朱子私下的动机。台州知州唐仲友官德不检，朱熹所劾，并没怎么冤枉他，但唐仲友的行为，在南宋的官僚中，并不算出格，举世滔滔，大抵如是，而朱子严密调查于先，一劾再劾以至于六劾于后，若有深仇大恨，又像死按住一个小人物，以当天下之咎。——人们会想，这是为什么呢？

事情闹到皇帝那里。宰相王淮对宋孝宗说：唐仲友是三苏一派，朱熹是二程一派。意思是说，二人争执，在于学术。王淮是唐仲友的姻亲，一直在维护唐仲友，知道此时的孝宗正倾向苏学，厌恶程学，所以要这么说，

135

意在暗中拉偏架。唐仲友也是个理学家，他与朱子的学术分歧，后人总结了若干条，但都不是要紧的事。南宋理学家中，学术主张敌如水火，而不害私谊，终身互相敬重的，大有人在。唐仲友与朱子的异同，本身并不算什么。

于是又有一种怀疑，说有人挑拨。据说陈亮（另一个著名的哲学家）曾告诉朱熹，唐仲友议论朱熹"不识字"，怎么能做好官。但记载这件事的周密，好编派是非，他讲的故事，往往不可信。事后唐仲友确实曾以为陈亮居中潜间，只是起因，各家说法虽多，今天已经难以确定。

这个案子的结果是两败俱伤。唐仲友得罪名教，正史中连他的传记也没有。朱熹一生名誉，受累于此案最多。闲言碎语，一直不断，至今流传的民间版本，还绘声绘色地讲朱子如何打"小姐"的板子，甚至说他吃干醋。人言可畏，朱子早当知之。

案中涉及的官妓严蕊，被塑造成这个混乱的故事中唯一的英雄。在传说中，她宁肯熬刑也不肯牵连唐仲友，在传说中，她还作了一首词，中有名句"若得山花插满头，莫问奴归处"云。其实这首词并不是严蕊作的。另外，据朱熹的按状，严蕊如实承认了她和唐仲友的关系。按宋代的法律，官员不可以与妓女有亲密关系。只是这条法律，并不受重视，官员招妓，几无避忌，像司马光那样让妓女跳墙的老实人，实在没有几个。朱子费了一番力气审出的唐严关系，在当时人的心目中，根本不算不得了的事，反显得朱子欲加之罪，无所不用其极了。

朱熹六劾唐仲友，越来越愤激，他的按状，长的竟在万字以上。朱子绝不是不聪明的人，怎么将小题如此大做？他一生勤于修养心性，不会让一种情绪完全地主使自己，也不会让一种动机，蒙骗全体的心智。但是，当若干种情绪，都有一致的指向，当高尚的动机，足以掩蔽其余，那么，要判断一种宣泄是否合理，要看清心中真正的向背，虽在圣贤，也是难处。

宋孝宗登位之初，理学家将学术与国家复兴的双重希望，寄在他身上。后来他渐渐地只觉得累，一方面是个性使然，另一方面，道学公议对他逼迫太急，颇有为中人所不能堪者。理学家善于高谈深论，在行政上给孝宗的帮助并不多，只是一味督促。至朱唐案，孝宗阅后只是微笑，——他对道学的敬意，至此已失掉大半了。

就朱子而言，事情应该是很简单的。他认为唐仲友是坏官，他认为唐仲友犯了法，他认为法律应该惩罚他。在他看来，这些理由，每条都堂堂正正，就算有别的因素，也不能影响它们的成立，按劾唐仲友，就是秉道直行。——可惜，他自己所属的哲学便主张以心性为出发点，而任何人在成为圣人之前，都要以藏污纳垢的胸怀，来推论和怀疑别人。

至于唐仲友，他的学术和作为，都很一般，但他对严蕊确实很好，帮她赎身脱籍，给她安排落脚处，还动用官钱，大张旗鼓地为她饯行。严蕊被捉进官后，唐仲友曾派吏卒闯入司理院衙门，捶打推司，不知是意在威胁审讯的官员，还是竟想把严蕊抢出来。这个人的放肆，也有有趣之处。

# 蒋宗鲁、卢楠：徘徊不尽孤云意

　　蒋宗鲁是贵州盘县人，明代嘉靖年间进士，官至云南巡抚。有人吹捧他为"孔明今日在滇南"，未免过分，但蒋宗鲁的政声确实还不错，其最出名的一件事，是奏罢大理屏石。

　　大理出石，嘉靖时多次征调，用作画屏。据蒋宗鲁的《奏罢屏石疏》，一次便征用五十块，大者至六七尺。这种石产在悬崖，开采已极危险，搬运更是艰难，山路崎岖，"竖抬则石高而人低，横抬则路窄而石大"。所以他奏请先进奉些三四尺的石头，五尺的慢慢设法，六七尺的，实在无法可想，请求停免。

　　这么一位蒋宗鲁，还做过另一件出名的事。许多人读过小说集《醒世恒言》，其中有一篇《卢太学诗酒傲公侯》，说的是浚县有个卢楠，如何才子，如何富有，如何轻世傲物，得罪了汪知县，被陷害入狱，定成死罪，一直在牢中住了十余年，才得平反。

　　"三言"的故事往往实有出处，《卢太学诗酒傲公侯》

便是如此。卢楠是明代有名的文人，若论身家，虽不像小说里讲的那般豪富，在当地也算个不大不小的土财主，只是没有功名，花钱买了个监生，混顶方巾戴戴。卢楠有一点口吃，不善长谈，脾气则近于狂士一类，曾去太学访友，入门便大哭，说此地是学人之薮，却一点斯文之气也没有了。

卢楠案的情节，和小说里讲的不同。嘉靖十九年，他雇的一个临时工张呆偷了麦子，卢楠责打，声称要送官。张呆逃走，躲在某熟人处，夜晚大雨房塌，被砸身亡。

知县和卢楠是有过节的。卢楠曾光着脚会见知县，还背地里讽刺他文章不通。最要紧的，是有一次知县要到卢楠家吃酒，因事迟到，卢楠等得不耐烦，自己吃起来。知县晚上才来，而卢楠已经喝醉，倒下睡了。知县遂以此事为奇耻大辱。

这位知县拿到卢楠的官司，如何不喜？县里验尸，发现张呆掉了六颗牙，左腿骨有伤裂。卢楠殴伤工人，自然有罪，但按当时法令，只是轻罪。知县便将张呆被砸身亡的情节隐匿，从而定卢楠为死罪。

这位知县，便是蒋宗鲁了。

蒋宗鲁在浚县任上做了几年，升任刑部主事，回京去了，后来又升任河南按察使等官职。浚县又来过几任知县，但谁愿意为一个卢楠得罪蒋宗鲁？中间有两次，省里的巡按想开释卢楠，都因蒋宗鲁的坚决反对，未能成事。

卢楠在狱里，与老鼠同眠，蛆虫为伴，结结实实住了十几年。家中财产罄尽，父亲自杀，母亲病故，两个儿子也先后死了，只剩一位太太，带着个小女儿，寄食在亲戚家里。俗话说破家的知县，果不虚言。

但卢楠毕竟不是寻常百姓。他和当时的名流，包括几位诗坛巨子，颇有些交往，入狱后，不会没人搭救他。只是他的朋友虽多，地位却不够，无法出力。像谢榛，是著名的诗人，交游广阔，一直在为卢楠呼吁，但大人物们听到他的唠叨，嘴里连称"果然冤枉"，却不肯出力。

卢楠能活着出来，多亏了陆光祖。陆光祖后来是两朝名臣，此时刚刚当上浚县令。卢楠一案，陆光祖在京，已听了一耳朵。到了浚县，立刻重新断案，免死改徒，把卢楠放出来。

卢楠出狱后，与妻子相见，恍如隔世。他在诗里说："入门一笑复何有，女解缝裳妻白首。"虽然如此，还宣称"惟有床头剑锋在，夜夜精光射牛斗"，果然是嘴硬之人。以后他四处游历，狂态复萌，经常使酒骂座，最后困顿而死，留有《蠛蠓集》和传奇《想当然》。

难怪古代农村的财主，第一件要事就是要儿子出去做官。家里出个尚书、侍郎，几代人沾光。卢楠反省说，自己上不能附会官府，下不能致富千金，一旦有事，立成砧上肉。是的，乡绅如果不能和权力结合，只能算是肥羊。卢楠的家产，不足以自救，反吸引官吏借官司来敲剥。这种情况下，他的志行狂简，言多激越，都是取祸之道。他赞美"陶令行藏""孟嘉容止"，却不想想那陶潜和孟嘉，可是他学得起的？

至于蒋宗鲁，后来得罪严嵩而退休了。他不以文名，虽有文集而失传。我只见过他一首诗，题曰"碧云洞"，"蓬瀛旧有神仙侣，对酌沧州思渺然"云。

# 吕留良、黄宗羲：雅集图中衣帽改

先说故事。山阴澹生堂是明代非常有名的藏书楼。遭逢明亡的大变，主人祁彪佳投水，两个儿子一个流放宁古塔，一个也很快就死了。家境败落，不能尽保其书，到了康熙五年，乃有第一次散书。

这个消息被黄宗羲知道了。他没有那么多钱，便邀来吕留良。吕留良出了几千金，黄宗羲则拿出攒下的束脩，二人凑在一起，来买祁家所出的这一批书。二人到祁家挑书。吕留良出资多，得书自然也多，有三千多本；黄宗羲买到两百多部，但部部挑的是善本好书。吕留良看到黄宗羲把最好的书都挑走了，心里很不痛快，在回来的路上，便让仆人从黄宗羲那里偷了两部书，算是出口闷气。

黄、吕自顺治十七年订交，一向亲密。吕留良敬重黄宗羲，请他来家里坐馆，黄宗羲回余姚时，吕往往亲送到杭州，赠以盘缠。黄宗羲也很看得上吕留良，曾有"用晦之友即吾友，用晦之砚即吾砚"的诗句。两人都以遗民自任，所谓同志，怎么会为几本书闹到不可开交呢？

据说是黄宗羲先动怒的。他写了封遣责信，题曰"与吕用晦书"，寄给几位朋友看，偏没寄给吕留良。吕留良知道有这样一封骂他的文字，却不能尽知里边的话，只好向坏里猜想。两人因澹生堂书一事龃龉，又加上另外一些事件（如刘宗周遗书事，高斗魁墓志铭事），终至彻底反目。

君子绝交，亦出恶言。随着怨恨越来越深，背后的谩骂也越来越刻薄。黄宗羲自订的文集，提也不提吕留良，除了称之为"书贾"——吕留良靠选政谋生，在南京卖书。黄宗羲轻蔑地说他是时文选手，所事乃纸尾之学。他曾作《七怪》一文，里边说"今之学者，学骂者也……所谓墙外悍妇，声飞灰火，如猪嘶狗嗥者也"，指的便是吕留良。吕留良则把"悖乱""谬学""铜臭""贡谀""奴颜"这些评语送给他的老朋友。两人的门生也彼此对垒，你骂我，我骂你，延续了许多年。

若说黄吕反目只为了几本书，那也太小瞧这两位才人了。二人抵牾的根源，除学派之争外，说到底，还是政治态度问题。

黄宗羲是遗民，这不用说，吕留良本来入了科场，在清朝做过十多年秀才的，结识了黄宗羲等人后，做起了"思想遗民"。但他的态度，比黄宗羲要激烈得多，属于坚定的不合作主义者。

黄宗羲一生的经历极为丰富，到了晚年，已经激烈不下去了。他不是个沉迷于幻想的人，把世事看得清清楚楚，所指望的人心，终不可恃，所期待的异变，一个也没发生，倒是满人稳坐着江山，看那样子，还要接着坐下去。老百姓是要吃饭的，而士人也蕨薇难饱，一队队地"夷齐下首阳"了。作为历史学家，黄宗羲知道，秦亡于自己的虐政而非三户之楚，元亡于饥民而非遗民。他晚年的思路，已不局于家国之恨，伸向了天下之忧。

在实际中，黄宗羲采取了妥协的方针。他自己是不出仕的，但和朝中贵人多有私下的来往。他不参加明史馆，但派了学生万斯同去。他起初称满人为夷虏，后来——在某些场合——竟称起"王师"来。他辩解说：我得吃饭，还得吃药，生此天地之间，不能不发生人际关系，就连陶渊明，不肯屈身异代，也不曾拒绝江州刺史赠的酒、始安太守送的钱啊。

对吕留良来说，黄宗羲是从蛟龙变成了蝌蚪。澹生堂事正发生在吕留良退出科场那一年，正当他一变而为激烈的反满者的时候。他自己靠选书大可过活，用不着应酬不喜欢的人。只与说得来的相往还，情绪越酿越强烈。对黄宗羲操守的责斥，也只是心事的寄托吧，只是骂得太难听了些——他听说黄宗羲在某官员家课馆，气得写了一大沓讽刺诗，讥黄为"新巢喜得依王谢，千门万房总不贫"，还画像云"顿首复顿首，尻高肩压肘"。——至此，两人的关系已无可挽回了，尽管后来黄宗羲做过一次努力。他派儿子百家持书信和诗扇来修好，吕留良冷冷地回答："知君自定千年业，那许余人妄勘磨。"

这里面的是是非非，辛辛苦苦，从古到今到以后，知味者自能品尝得出。只是叹后世人的风度，不及当年的嵇阮山向，亦远矣。

# 钱名世：果然名教罪人

　　钱名世是康熙四十二年的探花，他的诗文，在"出事"之前，很有声名。他和年羹尧是同年，但并无特别的私交。年大将军凯旋，朝臣能攀得上交情的，都有颂诗，这是官场风俗，人都如此的。后来年羹尧奉旨自杀，雍正担心落下兔死狗烹之讥，乃大兴株连。雍正的脾气，是如果一件事自觉心虚，反要大叫大嚷，大操大办，以示理直气壮。钱名世倒霉，也给扯了进去。

　　倒霉的原因，今天已不可尽知。通常，是以为他的某几句颂诗，不小心犯了雍正的忌。但在群臣和年羹尧的唱酬中，比那不小心的还有的是；况且只有千日做贼，没有千日防贼，再谨慎的诗作，也禁不起鸡蛋里挑骨头。还有一种说法，以为是钱名世的人缘不好，所以成了软柿子；但他的名声大坏，是在诗案之后，而非以前。

　　不管怎么说，雍正选中了钱名世，来做反面榜样。后来的事大家都知道，雍正把钱名世骂得龙血喷头，还别出心裁，御笔题写了一块大匾，曰"名教罪人"，挂在钱名世自家屋门。为了防止钱家遮蔽，命令常州知府、武进知县，隔三差五去钱家检视。

雍正有些政治手段的发明，颇为后人继承。如清廷摧残士气，一开始只会用暴力，以后渐渐深入灵魂。雍、乾两位皇帝，自己就是半个文人，知道何者为耻，何者为士人所不能忍。皇帝不杀钱名世，显得仁心宽大，而对对方的挫辱，用雍正自己的话说，为"虽腆颜而生，更甚于正法而死"。试想钱家老少，出入于这样一块匾额之下，几辈子都抬不起头来。这就叫心刑。

雍正很会用裹胁之术。钱名世革职出京前，雍正命在京的文官，各为诗文，"记其劣迹，以警顽邪"。既然小说可以谋反，诗歌当然也可批判。奉诏作诗的，一共三百八十五人，"廉耻俱沦丧，甘心媚贼臣""怪尔颜何厚，偏偏诌媚词"等等，痛骂钱名世无耻，颂扬皇帝宽大。雍正把这些诗，让钱名世自己掏钱刻印成集，发给各省学校，让天下人都知道有一个无耻的钱名世。

这三百八十五人，各依才学，奉上官样文章。据说最工的两句为陈万策写的，"名世竟同名世罪，亮工不减亮工奸"，但今传本《名教罪人》诗，陈万策的诗中并没有这两句，可知只是传言。——碰到这种事，谁也不想一不小心作出首名篇。没见到有哪人格外地雕词炼句，也没见哪人把这次写的声讨诗收到自己的诗集中，因为这些人还知道，这不是什么光彩照人之事。

在这三百八十五人之中，也有作诗不用心，或不忍心的，各被惩处。有一家姓陈的，父子三人在京为官；两个儿子作诗不称旨，被撤了职，父亲的诗有句云"负涂一豕玷儒绅"，骂钱名世是猪，便合了格，进入《名教罪人》合集。原来此事是一次政治考试，要人人过关。

只要一写，就如同交了一次投名状。无耻之事，无论多小，尽管是被迫，一旦做下，便将自己的名誉，与强迫自己的人，绑在一起，渐渐荣辱与共。单单是为了减轻罪恶感，这样一个最小的动机，就足够让大家纷而诋毁钱名世，说他种种不好，好像如果钱名世本非端士，奉旨声讨便有了某种正当。

万斯同编明史，曾以钱名世为助手。万斯同死去，在京中的遗书流散，多为轻薄所窃。忽然之间，人都说是钱名世拿了去。并无证据的事，传来传去成了铁案。又剽窃一事，在有清一代，如戴震之窃赵一清，毕沅之窃邵晋涵，人多缄口不提，或者曲为之辩，而万斯同的《明史稿》本为王鸿绪攘去，世人却相信无端的传说，把钱名世也编派在里面，指为剽窃了万斯同的"三王纪"。这就叫人居下流，众恶归焉。

人落到钱名世这种地步，所有的恶行都会被揭发，所有的嫌疑都会被当成事实，换上等闲的人，早已是体无完肤。钱名世被传说的恶行，翻来覆去，不过二三件，可知此人，多半竟是格外端谨之士。

有些事，早晚是要轮到自己的。大诗人方苞，因《南山集》案下过狱的，这次骂钱名世"名教贻羞世共嗤，此生空负圣明时"。查嗣庭，五个月后就将被拿问，第二年就死于狱中的，此刻还在讽刺钱名世"从今负罪归乡里，掩口人惭道姓名"。翰林院检讨谢济世，此次诗称"自古奸谀纵败露"，几年后因为注《大学》得罪，在刑场被赦，吓得半死。

《名教罪人》这部奇特的诗集，没过多少年就很难得见了。按作者及其后人的心意，原是恨不得它早早失传的，但毕竟还是存下来一种本子，让我们今天能够见到某种文体的祖宗。如不知后来事，会觉得那时的人很无耻；但从后来看，一部《名教罪人》，也没什么出奇之处。

至于钱名世，诗集已经不传。如今能见到他的诗不多，大半存于《江左十五子诗选》中。有一首《题〈放鹇图〉》，里边有两句云"予食呼名就掌驯，此生长傍谪仙人"，好像那被驯的鸟还挺高兴。

# 于成龙、靳辅：烧萧条兮以御水

有道是成也黄河，败也黄河。中国的文明，起于黄河流域，而到晚近，竟有"黄河是败家子，运河是聚宝盆"的民谚，地理环境变化之大，没有超过这的。我们今天所见到的下游河道，是清朝咸丰年间之后才有；最早的下游，本在河北境内，东周的一次改道，始流经山东，以后几次摇摆，大抵不出河北、山东，仍是一条北方的河流。南宋时有一个叫杜充的大官，把黄河掘开，想水淹金兵，结果金兵没淹到，黄河从此掉头而南，七百多年里一直拿淮河当入海口。

黄河下游不停地决口、改道，大水一过，州郡鱼烂。等到于成龙出任河道总督时，时机还不算最坏。康熙朝有两个于成龙，当过河道总督的这一位，字振甲，直隶人（另一位字北溟，即康熙曾夸奖为"天下第一廉吏"的。康熙曾说大吏中他只相信三个人是清官，一个是汤斌，另外就是两个于成龙）。这位于成龙自称穷秀才做官，不必讲吃讲喝，也很有清廉之名，另外，他的行政才干也很不错，民间曾流行有评书《于公案》，说的便是他。

河道总督既是肥缺，又是险地。河工当天下之急，不恤工本，所以靡费最大，各种虚账花头，顶容易报销，从上到下，贪污成风，如开支百万，真正用到河工上的，能有两成，便属不易。但要论起安稳，就赶不上盐、漕了，因为万一决口，轻则撤职，重则丢命。应付的办法是上下欺弊，如明明是冲决的，报成溢决，处分就轻得多了，或者此处决口，报为彼处，如此等等，河政能不废弛？

康熙十五年，一直倚为下游干城的高家堰大堤终于崩溃，黄河灌入洪泽湖，淮水被迫入运，运河大堤决口，灾民遍野，漕运中断。第二年，靳辅受命于危难，出任总河。靳辅及他的幕僚陈潢，在那时算是最懂得河务的，大致遵奉明代潘季驯"束水冲沙"的遗法，加以设法分离河漕。

靳辅治河，颇多波折，尤其是康熙十九年大水，泗州淹没，本来就有许多人暗地里反对靳辅，一有机会，立加弹击。总算康熙讲求实效，反对者提不出更好的法子，也就赶不掉靳辅。二十四年，于成龙以安徽按察使的身份出掌下河事务，实际是康熙不放心靳辅的专断，安排他信任的于成龙来牵制之。于成龙主张疏浚海口故道，而与靳辅的方针发生激烈冲突。于成龙于水利并无心得，疏浚海口本是康熙的意思，他只是揣摩圣心而已。

九卿会议之后，疏浚海口被否决。但事情还没有完。大臣明珠是靳辅的后援，等到明珠失势，靳辅的好日子也到了头。当时出面反对靳辅最力的，有著名的御史郭琇，工部侍郎孙在丰，漕督慕天颜，另一个便是于成龙。康熙二十七年，于成龙与靳辅数次激烈辩论，从河务一直吵到人品，如于成龙攻击靳辅党附明珠，靳辅则攻击于成龙与慕天颜是结拜兄弟云，两个人越争越激烈，到最后几同对骂。从技术上说，于成龙不像靳辅那样洞悉河务，无法占得上风，但在政治上靳辅则大大失败。很快靳辅被革职，陈潢被收监，疏浚海口的方案终于得以实施。

　　康熙最精于翻手为云，覆手为雨，此次利用于成龙等人攻去靳辅，转头又指责于成龙不通河务、交结朋党。此后靳辅曾复任一次，死后便由于成龙接替。河务这种事，不负其责的人，怎么议论都可以，反正别人的方案，总不能毫无破绽，自己的方案，既不得施行，便无漏洞可言。而一旦做上总河，战战兢兢，便是于成龙，也不敢师心自任，万一偾事，岂不有性命之忧？于是仍按靳辅的旧章，大抵照猫画虎。康熙时时出些新点子，于成龙也不奉行，康熙反又抱怨于成龙不听话。于成龙不听康熙的话，也没出什么大事，得以善终在河督的位子上。

　　老年于成龙是很骄傲的，他的骄傲，或许以中年以前的清廉做底子。他以清得名，经常以此来骂人，如做巡抚不久，便向康熙放言"巡抚、布政，没有一个不是用钱买的"，而他自己自然是例外。人或说"心底无私天地宽"，而在实际中，以无私自命的人，往往心胸极狭。著名学者兼"清官"陆陇其，得罪了慕天颜和于成龙，被他们联手设法罢去，就是一个例子。

# 荆轲：谁使祖龙绕柱走

荆轲刺秦，到底是出于公愤还是私恩？

秦与关东诸国的战争，本质上是价值观的战争。鲁仲连议论说，六国尚礼义，秦国尚首功。——所谓首功，便是以斩首的数目计功量爵。商鞅变法，设爵二十等，斩得一首赐爵一级（"首级"这个词便是这么来的）。六国人对这种做法很看不起，但并没有自己的办法来建立如秦军那样的精兵。那时关东流行民气论，纵横家辩谈，也每以人心为辞，但民气既不可恃，春秋以降几百年连环征伐在人心中的不良后果，也正由六国来独享。

军事而外，秦国的社会是高度组织的，六国是散漫的，秦国是单纯的，有一致的意志，六国是纷乱的，以彼此拆台为得计，秦国重实务，六国拘于旧礼，——古老的价值观已从内部破碎，再也不能使人们团结起来了。总之，秦人是坚忍的，关东人是腐败的，秦国是战争机器，六国是花花世界。

楚国本来是有可能领导抗秦战争的国家，但它新进的身份，一直为传统的大国瞧不起。它从齐国和三晋那里得到的支持很少。秦兵打来时，这边还在争夺"文化优势"，战争的结果不问可知。燕太子丹也算是个图强的人了，使出刺杀这样的下计，说明事已不可为。看不到希望，就只好幻想了。

司马迁《刺客列传》，在曹沫之后，荆轲之前，还有专诸、豫让和聂政，这三人的行刺，都出于私人的恩义，所以后人视他们为勇士，为义士，而不为烈士。劫齐桓公的曹沫，是为荆轲所效法的。但曹沫利用齐桓公和管仲的仁信，有一点欺人以方的味道。

古书《燕丹子》，对秦廷上发生的事，有与《战国策》不一样的描述，说荆轲已经制住秦王，但中了秦王的诈术而败。《燕丹子》中的一些事不大可信，是以司马迁不采。但有一点，确如柳宗元所说，"秦皇本诈力，事与桓公殊"，荆轲就算能逼令秦王许诺，也毫无用处；而即使杀一独夫，太子丹设想的秦国内乱，也不大可能发生。

而燕太子丹沉浸在幻想中已经好几年了。那么荆轲呢？他留下来的言论很少，其想法不好猜测。他说服樊於期出借脑袋，以报仇为义，——很难说那个时代有没有公仇的概念。上古流行复仇，但限于血亲和私谊之内，所谓父仇不共戴天，交游之仇不同国，"天下之仇"的概念，没有建立。当然这不意味着那时没有公义，只是还模糊得很。

至于报恩，完全是私人的动机。所以后人也有小看荆轲的。刺帝是可骇的举动，特别是在天下粗定之后看来，所以也有厌恶荆轲的。扬雄便不许以义，司马光更是说他"怀豢养之私，不顾七族，欲以尺八匕首强燕而弱秦，不亦愚乎"。在司马光看来，燕太子丹的阴谋，本就是轻谋浅虑，给自己的国家惹祸。

但是，一剑之任，以当百万之师，须臾之间，可解万世之耻，这样的幻想，人往往有之（司马光除外），是以陶潜要咏荆轲，鲁迅会作《铸剑》。《铸剑》中有句歌辞，"我用一头颅兮而无万夫"，在我看来，也可为荆轲的写照。

将普遍的冲突化为个人之间的战争，乃是古人习见的想法。易水唱别，固是高潮，总是意气感激的成分为多；唯当怀匕西去，迢递千里，一路上所见所感，纷纭而至，而未改其衷，个人的意志，原来也可以这么可怕。所以咏荆轲的诗篇虽多，我独喜贾岛的两句："我叹方寸心，谁论一时事？"

其余也有叹他的，赞他的，嘲笑他的，惋惜他的。有意思深些的，如晚明的陈子龙，有浅些的，如盛唐的李白。古人心事不可知，说来说去，只是诗人自己的念头。

汉初的人，一提到秦的速亡，就欣欣得意，好像关东的精神，真有什么力量，六国的后人，竟终能以三户亡秦似的。其实秦亡只是由于自己在政治上的不成熟，它的制度，制秦一地足矣，要笼罩这么大的新国家，立刻就要绽裂，而他们刚刚得志于天下，先是不情愿改变，后是来不及了。汉虽覆秦而实继秦。但一开始的时候，毕竟去六国不远，所以各种各样的人士，都有一点容身之地。司马迁若迟出一二百年，大概也要化而为班固，也不会给荆轲作什么传了。

# 宋江：卿本贼人

　　水浒故事的流传，有两个系统。咱们熟悉的《水浒》，属于文人改造过的、适合出版、于世道人心暂无大碍的那个系统。不过，便是这本《水浒》的读者，对那批好汉或逃犯，有自己心目中的座次，而和书中的座次大不一样。鲁智深名列中品，读者倒喜欢。卢俊义是坐主席台的人，而读者不买账。

　　自古已如此。明代有一种马吊牌（麻将的前身），大牌上印着二十名水浒好汉的像，头牌自然是宋江，值万万贯；其次武松，千万贯；其下又有三阮、鲁智深等，各值百万至数十万贯；而大刀关胜，靠关公的老面子，忝居其列，只标三万贯。——卢俊义贼气不足，图像上不得马吊。那么宋江呢？在流行的《水浒》版本中，宋江并无什么英雄之举，难得出手，只杀了个女人。他为什么仍值万万贯？一个原因是，在民间的系统里，宋江也是个狠角色，不像在书中那样首施两端。

　　鲁迅曾说中国社会有"水浒气"。这种气可做两种理解。第一是爱幻想，受累或受气之余，花几文钱，听说书先生口若悬河，什么武松打虎，李逵杀人，神飞意驰半个时辰，施施然而归，晚饭也合口些。需要说明的是，对多数人而言，并不是幻想有什么好汉来解救自己，而是幻想自己做好汉，如阿Q的自己革命，先杀小Q，后杀王胡，抢元宝和宁式床，和吴妈困觉，"我要什么就是什么，我欢喜谁就是谁"。小人物的最高幻想，大致如此。至于"解民倒悬"云，是历代逐鹿者编造出来的，而农民从自己的经验中知道，便是宋三郎来，恐怕作风更像李逵，排头价砍将过来，你还来不及叫一声"我是阶级兄弟"，头已落地。在历史上，宋江便是这么个强梁，他若是真的心怀仁义，早已下场如王伦，而来不及做故事的主角，呼保义而天罡星了。

"水浒气"的第二种，是随时可以为贼，在道德观上，并无障碍。匪首上法场，万人同观，快意之余，兼复嫉妒，哪怕自己也遭过他抢。远的事情，细节不能尽知，民国间有几年，豫皖数省，宋江多如牛毛。有的农民，农忙时下田，农闲时上山，反正闲着也是闲着，就算不能发大利市，至少给家里省些花用，而其所抢劫的物色，从脚下布鞋到头上毡帽，不走空就行，有失贼体，实介于山大王与破烂王之间。

这种价值观，与官方的自然冲突，所以历代禁刊《水浒》，禁演水浒戏。晚明左懋第上书请禁《水浒》，说其"以破城劫狱为能事，以杀人放火为豪举"。他说的并没错，《水浒》就是这么一本书，去掉忠义的表面，不过是杀人放火，自己痛快。左懋第又指《水浒》为"贼书"，"此书盛行，遂为世害……始为游手之人，终为穿窬劫掠之盗，世之多盗，弊全坐此，皆水浒一书为之祟也"。

这就夸大了。先有梁山泊，后有《水浒》。书中阮小五说"如今那官司，一处处动掸便害百姓"，金圣叹评论道："千古同悼之言，水浒之所以作也。"金圣叹之意，便是人们常说的"官逼民反"。但事又未尽于此。中国的罗宾汉如此之多，罗宾汉的叫好者如此之多，简单一句"官逼民反"，已不能解释。

老话叫"少不读《水浒》"，意思是少年血气方刚，戒之在斗。所斗为何？真宋江的事迹流传不多，大致和别的盗匪无异，剽掠而已。小的盗匪，攻村掠寨，大的盗匪，冲州撞府，都是在打粮草，最大的要夺天下，化为官府。这种以暴力为优先手段的"水浒气"，为官民所共享，所以禁《水浒》也罢，禁《打渔杀家》也罢，实在是抽丝之举。论其高明，还不如文人之改造《水浒》故事，使宋江心向朝阙，最后大家欢喜，共做同志。文人以天下为狗任，往往多事；历代改写或续写的《水浒》，不下数十种，都是应时之作。比如民国时的几种续作，多写宋江抗金、官匪同赴国难的故事。公法退而私刑进，礼失而求诸野；但国难当头，诉于盗匪，也是够有想象力的。

宋江再怎么说，也是个贼。只是贼与英雄，在老价值观里，不过是一线之别。在官方而言，只差着合法性，在民间，只需要有一点点理由。有了这点理由，便可大大方方地杀人放火，而以"凶猛为好汉，悖逆为奇能"了。至于以为这种力量，对官府有什么牵制，令其有所忌惮，实在只是帝制下的幻想。

写剧盗或妙贼的好莱坞电影，一向好看，可见人往往而有贼心。女性找丈夫，不妨先问问是否爱看《水浒》，若是酷爱，婚后一定要严加看管。顺便说一句，宋江杀惜的情节，不是没来由的。《水浒》里类似的故事最多，除阎婆惜，还有潘金莲、王婆、潘巧云、李瑞兰，以及别的好几个，最后都被好汉"嚓嚓"一声杀掉。《水浒》的价值观大抵如是，而这并不是文人加工后的结果，在民间一系，有凶狠过于此者。所以《水浒》鲜有女性读者，一来没资本做英雄，二来兔死狐悲。

# 甘凤池：天下有事谁可属

假如下面这个故事是真的，热兵器之起，就与剑侠的消失没有关系。要预先说明的是，按实际的顺序，先消失的是侠客，然后是侠风，至于对侠的传说、幻想，寿命最长，怕是要到地老天荒了。

据说，甘凤池做客某王府，正赶上朝廷铸火炮成，王爷对众门客说，有此利器，你们这些人，再没有用武之地了。众人默然，只有甘凤池挺身说："红衣大炮，虽然猛烈，只可轰寻常人耳。若以臣当之，恐大炮亦失其利矣。"于是相约试验，第二天早上，排开三门火炮，甘凤池直立炮前，接受轰击。第一门火炮轰出，甘凤池纵身一跃，毫无损伤。第二发，甘凤池"尽力一蹲，半身没入地中"，平安无事。第三发，甘凤池索性飞入云霄，待硝烟散尽，才像飞鸟一般降落。

附在甘凤池身上的传说，有数十百种，就其满足人们的幻想言，大多类此。在传说中，他折强御暴，排患解难，无所不能。有的故事说他反清复明，在另一个故事中，乾隆下江南，他暗中保护。稗官所载他的事迹，十九不可信；还有一本《花拳总讲法》，托着他的名字，其实也与他无关。

晚明陈子龙说："人心平，雷不鸣；吏得职，侠不出。"其实出来的不是侠，而是对侠的幻想。甘凤池身材短小，很像汉初的游侠郭解，但他的作为，与郭解已大不同。郭解以杀人得名，而甘凤池，大概一辈子也没杀过一个人的。《史记》中的侠士，与时下贤豪，对等论交。我们看后世虽无游侠传，一代又一代，拥有侠名的人多如过江之鲫，便知虚声过于实情；我们看后世的强者，多有结交豪侠的名声，便知这时的侠，已多奔走于权贵之门了。

《儒林外史》中的凤鸣岐，便以甘凤池为原型。读过这本小说的，当记得这位凤四老爹，手下虽然了得，来来往往的作为，不过是帮闲二字。便有人以为作者吴敬梓对大侠不恭，其实后世的游侠，本来如此，或干谒权贵，或攀交文士，权贵可供他的衣食，文士可传播他的名声。吴敬梓自己，便认识与甘凤池同在"八侠"之列的周琇，他只是将自己的见闻，如实写出。

这位周琇，曾与甘凤池同入一桩大案。甘凤池好交际，年轻时，便卷入太仓一念和尚谋反案，因为牵涉甚浅，后得无事。至雍正七年，有江宁张云如"江南案"，涉案一百八十五人，周与甘凤池都在其内（他们两个也都是江宁人）。查办此案的浙江总督李卫，在密折里说甘凤池"练气粗劲，武艺高强，各处闻名，声气颇广"，至于逆谋，"凤池狡猾异常，止皆虚诺，彼此通声，总未实在插入"。李卫又说甘凤池认罪态度好，"叩头乞哀，愿以自首求赎"，似有为他开脱之意。江南案本来就是地方官无事生非，处理起来虎头蛇尾，周琦、甘凤池给关了些日子，最后还是释放了。

司马迁在《游侠列传》里，总结侠有三德，第一是重然诺，第二是轻死生，第三是不自吹自擂。有此三德，虽是闾巷匹夫，便可称义侠。后世赋予侠士种种道德任务，指望他们来实现正义，只能说是不责庖人责尸祝，便真有侠心者，大概也要吓退了。章太炎曾说任侠精神与民族存亡有关，亟宜提倡。此老学术高明，一谈时务，往往昏迷。但他这一句，并不全然糊涂，因为他说的是精神，不是侠客。他所说的任侠精神，要点是勇敢和重义，都是好东西，只可惜这些"精神"，提倡是提倡不来的。他的学生鲁迅，一生口不言师过，但写过一篇《流氓的变迁》，对侠另有看法。后人或恭维鲁迅为"侠之大者"，鲁迅如果有知，一定在肚子里痛骂。

甘凤池少年好事，老来颇为谨慎。他的为人，本来就不很张扬，不认识的人见了他，还以为是什么人家的老厨子。他一直活到八十多岁，老死家中。据说勇士不忘丧其元，雄如甘凤池，寿终正寝，未免不够风度，所以有几种传说，或说他为女盗所杀，或说他被皇帝害死，还有一个，说他携妾住在旅店，探子知道了，不敢接近，放火烧屋，二人"从黑焰中双双飞去"，不知所终。

# 畸人丰坊

丰坊字存礼，是浙江鄞县人，后来改名道生，字人翁，一字人叔，别号是南禺外史。他是嘉靖二年的进士，做过几种不大的官儿。关于他的事情，最为人道的有三件。第一，是他以书画名世，特别是书名，生前身后都很大；第二件是他在嘉靖十七年上疏"请加尊皇考献皇帝庙号，称宗，以配上帝"，为世所讥；第三件是他伪造多种古书。

这第三件上，我以前讲过他伪造石经本《大学》的事。除此以外，世传的《子贡诗传》，一般认为，也是他伪造的；还有几种经书，他也分别撰造"古本"。有趣的是，他把自己改编的"古书"称为"世学"，如《古书世学》《鲁诗世学》之类，或者说是传自远祖丰稷，或者说是他曾祖丰庆从朝鲜、日本使臣那里见来的（黄宗羲《丰南禺别传》说丰庆是丰坊爷爷，错了一辈儿）。这有一点贻先人羞，不过我们知道他的为人后，便会觉得这对他实在算不得什么。

167

第一件不必多说，他的字今天还可以见到，写的一本《书诀》也传了下来，在里面可以看到他对书法的见解。需要解释的是第二件。说来话长，正德皇帝没有子嗣，杨廷和主持立储，选的是兴献王（宪宗次子）的世子朱厚熜，便是嘉靖帝了。嘉靖登基不久，便为了皇统和家系继承问题，在朝中发生了"大礼议"之争，简单说来，就是群臣要依古礼行事，要嘉靖以孝宗为皇考，把自己的爸爸兴献王作为"皇叔"。嘉靖不肯，君臣吵得不可开交，后来暂听了群臣的意见，只是把兴献王改称为本生父母，没有叫"叔叔"。但此事不过搁了起来，并未解决，更总有人顺着皇帝的意思，重提此事，以为进身之阶。嘉靖得了支持，便改了前议，遂至大起风波，二百多大臣跪在左顺门前呼天抢地，大哭孝宗皇帝，算是一种示威行动。最后的解决，一百三十四名五品以下的官员被廷杖，十六人被打死。在被廷杖的名单里，头一位便是翰林学士丰熙，他幸免于死，给谪到福建镇海卫，死在那里（漳州云洞岩有他当时写的《鹤峰云洞记》石刻，很有名）。丰坊是丰熙的儿子，自己也因为议礼被贬，却又违背父志，上这样的疏，所以人们要看不起他。他大概是揣附帝意以干进的意思，嘉靖看了他的上疏，确实也很高兴，由严嵩主持讨论，采纳了他的一些建议，却没有让他做官，估计丰坊一定很失望。

丰坊是个怪人。有许多故事，听来像是笑话，却可能是真的。有一个叫方仕的人，从他学过写字，后来常冒他的名，丰坊气得不得了，恨恨地说要挖出他的眼睛来。便有人拿了一对什么动物的眼睛来骗丰坊，说是方仕的，丰坊居然信之不疑，大大地报酬了一番。第二天便见到双睛完好的方仕，丰坊吓了一跳，方仕说被抉去眼睛，有鬼可怜他，取死人眼放在他眼眶里。丰坊也信了，置酒为他庆贺。

　　丰坊曾设醮三坛，祈请一灭倭寇，二灭伪禅伪学，三灭跳蚤虱子。他把蚤虱恨得无以复加，尤在倭寇之上，每年都要请道士来驱虱，他们便串通仆人来骗他钱。又一事，丰坊要下乡收账，仆人和债户串通，拿来农人簸谷用的大扇子，说乡下各家造了这东西，要等他下乡时来偷偷扇他，要他中寒。丰坊说，这些乡下人真鬼，那我就六月间再下乡，他们就拿我没办法了。仆人又骗他梅雨期应该把钱拿出来晒晒，他便晒，仆人趁机偷去一件，丰坊一数不对，仆人便再偷一件，要他重数，这回却对了，因为他只会数单双。——这样的人，果然败了家，没有保住先人留下的万卷楼。他是个信口开河的人。曾和别人闲聊，说起几十年前曾在正阳门上见着凤凰，别人不信，他就指着十三四岁的书童说："他也见着了。"小书童说："是。"又对一个和尚说他曾在通州见到屋子那么大的西瓜，钻到里面去喝浆，也请那书童来作证。所以他其实是个滑稽玩世的人，对世俗的一套很烦。有人要他留宿，他先是说非自己的床睡不着，那人居然把床从他家里搬了来，他见计不成，又说肚子疼，还是溜走了。——因为他讨厌那人求他写字。

他这类的故事还很多，不一一讲了。明代理学很盛，丰坊的性格，便是压抑下的怪胎。他的先人以理学名家，他自幼也浸在里面，后来造作伪经也罢，写注疏论文也罢，都摆不脱那些道道。但他心里可能是厌恶的，我们看他骂朱熹的话，十分难听，又骂杨荣只因为老婆姓朱，便采用朱子的学说等等，虽然都是信口开河，也可见出他的性情。

# 张缙彦：避地何心遇晋人

　　清初流放罪人到荒徼之地，最有名一处是黑龙江的宁古塔。传说中舜流共工于幽州，不过是如今的河北辽宁一带；须到得宁古塔，才知祖国之地大物博。从北京出发，要走上几个月，沿途人烟绝灭，白骨暴野。活着走完这长路的人，见到目的地，本该油然而生幸存之感，但面前的景色又会让他心中一凉：几个零落的村屯散布在海浪河边的平野，而那个被一种像是栅栏的东西围着的大村子，就是声名响亮的宁古塔城，黑松流域第一要镇，满洲发祥地，宁古塔昂邦章京和两位副都统的驻所，流放者中的大多数从此将要度过余生的地方。

　　清政残暴，流人极多。曾有那么两句诗，"南国佳人多塞北，中原名士半辽阳"，说的是塞外流人之众，成千累万。另一种说法是"居民共道天气暖，迁客来多天意转"——流人一多，气候也跟着转暖了。在宁古塔，十三省无省无人，倒像个代表会议；名卿硕彦至者接踵，相嘘相濡，翻将边外绝域，化成避世桃源。

宁古塔的第一位士人领袖，便是今天要说的张缙彦。

此人颇有些不倒翁的气味，走到哪里，也是兴致勃勃。——其实，他一生中，在宁古塔这最后几年，或是最兴致勃勃的一段时光。当初来宁古塔时，便浩浩荡荡地带着大批图书，十来名歌姬，一副要扎根边疆，从此乐不思蜀的架势。到了宁古塔，便呼朋引类，送往迎来，主持起事务来。

谪戍到宁古塔的诗人很多。这些人大抵敏感而脆弱，从妩媚的江南，落到这举目无非荒山古碛、白草黄云的地方，心情可想而知。这时张缙彦便要出场，请他们聚会，帮他们安排生活，或许还将随遇而安的享乐哲学传输给他们。比如有一位祁班孙，初到时极其苦闷，慢慢就高兴起来，学着张缙彦的样，置办女乐，还娶了一妾，给自己煮蘑菇吃。不过此人最终未能安心于边疆建设，日夜谋归，后来以贿得脱，逃回浙江，做了和尚，不到四十岁就死了。

名诗人吴兆骞说张缙彦虽是"河朔英灵（张是河南新乡人），而有江左风味"。张缙彦在宁古塔发起七子之社，约了一班吴兆骞这样的人，重新玩起过去的一套，载酒征歌，竟无虚日，看来是要将这烟瘴之地，认作山阳竹林了。他性喜山水，遍访当地风景——名山大川自然是没有的，但小山小水还是颇可登临，其中多数连名字也没有，他便一一给取上名字，记载下来。

他（以及流人杨越）的另一件功德之事是教授当地土人以中原的耕种之术。

在这些活动中，意外地展现出一种享受生活的独立姿态。——之所以说意外，因为这些性格，在从前的张缙彦身上，简直是找不到。

在到宁古塔之前，他的大半生可以用"游移"二字概括。在正史中，他是入"贰臣传"的。先是，李自成兵临城下时，他从兵科给事中给超擢为兵部尚书。此时此职，乃是俗话所谓的"别人偷驴你拔橛"。转眼间大顺军进城，他便投降，后来又逃走，到家乡治兵，和南京的福王搭上关系，仍得授原官。顺治三年，走投无路的张缙彦又向洪承畴投降，从此改做大清的官。最后因党争和文字狱的缘故，流徙宁古塔。

这样的人，气节二字是绝谈不上的。但明末士人的遭遇，实在凄苦。不唯政局早已崩溃（在汉人建立的百年以上政权中，明朝肯定是最坏的一个），信仰也发生危机。贰臣如此之多，而坚守大义的那一班人的抗争又如此激烈，都说明着一些情况。生死事大，不能以之责人。只好说儒家建立的两大评价体系，一曰忠信，一曰仁义，内在便是冲突的。至于低贱的戍卒或土人，自己还有自己的一套标准；不然张缙彦死后，宁古塔不会满城皆哭。

张缙彦给自己做过不少辩解，今日读来无趣。他晚年在宁古塔时，不知心里如何评价自己的一生。但我们看到的是，徙宁的士人，有各种立场，各种身份，有顺民，有遗民，有曾当政的大员，有民间的反对派，都相处得极好。在宁古塔，政治消失了，生活并没随之破碎，反倒恢复了些自治，甚至——虽然身为罪人——比关内的人更自由。

# 屈原：谁将上下而求索

屈原是中国最伟大的诗人，——也许是唯一当得起"伟大"二字的诗人。但大家总是忘掉，屈原不仅是诗人，还是思想者，不仅写过《离骚》，还写过《天问》。《天问》问天问地，问历史，问宗教，有一百七十多个问题。而从汉儒起，便把屈原的作品，强拉入正统的阵营，一篇《天问》，也被说成"泄愤"之作，好像屈原指天画地，只是发发小孩子脾气。也有高看它的，如"奇崛派"诗人李贺推《天问》为楚辞中第一，但那理由却是它的语言"奇崛"，这怎能不叫人既笑且叹？

屈原是楚国的大夫。当时的思想体系，南方和北方很不一样。北方有孔子和墨子，南方有老庄和别墨。和齐鲁学派相比，楚人似乎更喜欢琢磨本体问题和自然现象，有点儿为知识而知识的精神。屈原既有头脑，又是个极认真的人（不然也不会自杀），这种性格，在后世越来越罕见，他的《天问》，也跟着进了冷宫。

《列子》中有个寓言，说两个小孩儿争辩太阳的远近，难倒孔子。注者张湛拿《庄子》里的一句话来搪塞："六合之外，圣人存而不论。"——太阳的远近，居然成了不必讨论的问题。这只是寓言，但说明着那时的情况。汉代以后，齐鲁学派占上风，其余各家，纷纷式微。儒家的一个毛病，是没有知识上的好奇心，对《天问》之类，完全能做到视而不见，晏然自若。

　　唐代有柳宗元，作了《天对》，来回答屈原的问题。柳宗元是唐代最聪明的人之一，他不相信神话，比同时人高出一筹，但一涉及天地万物，他多不承认问题的存在，"九重"没有、"八柱"没有倒也罢了，而大地也没有尽头，所以谈不上度量，——你怎么知道呀？他的另一个办法是肤廓地谈谈元气。屈原明明已经在问，"气"有象无形，该如何定义呢？柳宗元没有懂得这个问题的意义，仍用"气"来高遮低挡，这个也是气，那个也是气。——"气"果然无所不能，不只解释一切，还能把人气死呢。

　　不止有气，还有理呢。朱熹集注《楚辞》，是流行的读本。他说：开辟之初，那些事虽然不可知，但其道理就在我们的心里，想知道的话，反省内心就行了。藏在自家肚皮下的大道是什么呢？"天地之化，阴阳而已。"好个"而已"！——屈原苦苦地追问，到了朱子这儿，则只有"而已"而已。如对大地的面积，朱熹回答：地的大小虽然有穷，但既非人力所能遍历，也非算术所能推知。——其实从不曾试图去遍历，也没有工具来推知。思想的懒惰，莫此为甚。

对实在答不出的问题，宋代的朱熹说："儿戏之谈，不足答也。"清代的钱澄之说："必求其义，岂非愚乎？"——各代的聪明人面对《天问》中涉及古史和神话的那一部分，尚能漫引旧说，振振有词；面对涉及自然界的发问，无不东拉西扯，支吾其词，借用明末黄文焕的评论，便是："人无由问，天不肯自问，一时千古，只共昏迷。"

要回答屈原的一批问题，办法只有一个：测量。测量是科学的肇始；而既无穷究事理的学者，测量反成工匠的贱役。一直等到黄文焕的时代，才有一位周拱辰，引用利玛窦的地图，解说"地一周有九万里，地厚二万八千六百三十六里"等。这已是距屈原两千一百年的事情了。

各民族都曾有自己的《天问》，如冰岛人的《埃达》，希伯来人的《约伯记》，印度人的《梨俱吠陀》，希腊人的《神谱》。后来各走各的路，各有各的原因。在中国，传统的教义是用审美代替思辨，用玄想抵制实测，用善恶混淆是非。屈原作了《天问》，两千年间的学人，则共同创作了一部"不问"。——那么，这两千多年里，人们怎么还好意思去纪念屈原呢？答曰：没什么不好意思的，赛龙舟、吃粽子嘛。

# 扬雄：寂寂寥寥扬子居

　　如果一个人看起来没有内心冲突，没有怀疑，没有犹豫，在咱们看来，不是呆子，就是骗子。但据宋儒说，还有第三种，即醇儒。汉朝有位扬雄，一流的思想者，到了南宋，就给骂个狗血喷头。如朱熹，便说扬雄见识全无，语言极呆，"甚好笑"。——程朱一派见不得扬雄的天才，按倒扬雄，才好给董仲舒这样的醇儒张目。

　　扬雄确是个争议人物。他的想法，时时首施乎孔老二端，他的行为，也在去就之间徘徊。想回家，不甘抱朴于贫贱，出来做官，又厚不下脸皮去干进。王莽篡汉，他先是被官司牵连，跳楼几乎摔死，后又写《剧秦美新》和《元后诔》，拍王莽的马屁。这两件事，后人批评最多，便是辩护者，也只是说不能以人废言，他的著作自有价值，不得"与投阁之躯并朽"。当代学者则说王莽新政，自有理想主义的一面，扬雄美新，并非全是违心。这个道理，就高明了。

　　不过，扬雄和汉代别的读书人还有点不一样，便是和后来的王充这类极有头脑的人，也不很一样。儒生琢磨的事是入而修齐，出则治平，在汉代，治平尤是兴趣中心。但尽观扬雄的著作，实在看不出他对政治有深厚的兴趣。他最下心血的《太玄》，自以为是可以和《周易》比肩而传的，讲的也不是什么理想社会，而是世界图景。这样一个人，美新也好守志也好，未必就当成自己一生的大节。他年轻时写过一篇《反离骚》，惋惜屈原的死，说人家孔子还曾去鲁，老子还曾出关，哪能一棵树上吊死呢？

扬雄是四川人，从小在家里受穷。出来谋差，已是四十来岁的人了。刚进京时，难免有点"烧包"，又是讽又是劝，以为自己的文笔果真能有功于当代。很快也就凉下来，在黄门郎的闲职上，一混十好几年。他说话结巴，样子又邋遢，热闹的官市，是不去钻的，全数时间，只用在看书、访学和冥想上。看别人混得好，有时也眼红心热，自忖没有那等才能，只好拿黄老的话头或自己的幻想来宽心。当然，幻想过后，眼前仍是一片名教胜地，不过他又有一种说辞，以为只有在战国那样的乱世，君主才会得一士如得一城般地重视英才，如今是太平年代，满大街都是"士"，头尾相连，也分不出什么高下，"家家自以为稷契，人人自以为咎繇"，便如他老人家这样的奇士，也显不出特别。这样一想，他便释然。

他奇在哪里呢？他说过这样的话："人最宝贵的是什么？是智慧。"这和孔老，都去得远了。孔子也讲智，只是置于次要的位置，至于老子，则有著名的主张为"绝圣弃智"，以傻笑国为乌托邦的，黄老的治国术，更是以愚民为先务。扬雄倡智，虽谈不上道古人所未言，毕竟是清新的风气。而且他身体力行，对实际的知识，最有兴趣。他留下的《方言》，是访问了无数的外地人写下的，一部空前的作品。他对天文地理之学广有研究，后世的张衡，对他极为推崇。

这样的人，是有可能给事实说服的，而不是以强辩胜于事实为有功。扬雄曾信奉盖天说，有一回和桓谭在廊下晒太阳，日影从背上移开，桓谭趁机说，您看这日光的走向，分明不合于盖天说，而符合浑天说。扬雄细思其理，从此改信浑天说。

以这样的主张和实践，他本来有机会开辟一种传统。在东汉，这样的事情似乎有些苗头，至张衡而臻其极。慢慢地，这趋势又重新没入主流，而扬雄，醇也罢不醇也罢，仍给奉为儒学大师，《太玄》也入了玄学一门。追求事物的知识，再也没有成为潮流，零星的例外总是有的，也只是零星。古代学科尚未分化，我们看哲学史与科学史，有多少人物同时出现在这两种史中，便知主流知识结构的大概。

有一次，扬雄向黄门署一个做浑天仪的老工匠请教天文之事。老工说，我从小做这仪器，但随尺寸法度，不明白里面的道理，到了七十岁，才想通一点，然而马上就要死了。我儿子也学此艺，也当如我，至老才明白，等明白的时候也就该死了。扬雄代表的趋向传而无统，就是这个道理。

# 陶潜：百年持此欲何成

　　人人都爱陶渊明，因为他确实是个浑然的人，借用苏轼的评论，欲仕则仕，不以求之为嫌，欲隐则隐，不以去之为高。不像后代许多人，先要喧之再三，"我要隐居了"，等大家都听到，才找个地方隐起来。——如藏猫猫游戏，虽说藏，还是希望被人找到的。曾经假装隐遁的李白有名句云："问余何事栖碧山，笑而不答心自闲。"李白笑什么呢？他以处为出，曲线求仕，佩服自己的精明，所以要偷笑。

　　严格说来，只有在"率土之滨，莫非王臣"的时代，才有隐士。另外，只有"士"，才能成隐士，普通人不做事，顶多算下岗工人或失地农民。身为士，不去治人或候补治人，也不愿被人治，不事天子，不友王侯，便成化外之民。皇帝必然痛恨隐士的废君臣之义，但隐忍不发，因为要给儒士面子。——自称孔孟之徒的儒士与皇帝合作，心里多少有一点不好意思，需要高抬隐士之德，作为幻想中的价值平衡，良心的后路。

陶渊明归隐后做什么呢？种种地，看看山，喝喝酒，写写诗。这样的生活，听上去高妙，认真过起来，是有些单调的。散淡如陶渊明者，也未必满足。我们看他的诗文，时有郁气和寂气流露。平日闲居寡欢，慷慨独歌，一听到有访客，就很高兴。他的心情比做官时要好很多，但还是有些闷。《周易》里说，遁世无闷。但事情哪里有那么容易。

在有所不为这一方面，陶渊明做到了，做得非常好；但在有所为的另一方面，则未知何所止泊。宋儒真德秀说，"渊明之学正自经术中来"，就真德秀的原意而言，本是再可笑不过的痴人妄语，但细想起来，居然说到了悲剧的主题。不是陶渊明的个人悲剧，他归隐后虽然穷一点，寂寞一点，大多时候还是快活的，比真德秀辈所能想象的快活得多；但几千年中的所有隐士呢？

在陶渊明，无可指责。就算任何事也不做，也无可指责，何况他还写下了不起的诗呢。就个人而言，任何一位隐士都无可指责。奇怪的只是，一代一代的隐士，挣脱一个网罗，却挣不脱另一个网罗，人身独立了，精神依旧徘徊在旧局中。隐士是批"说不"的人，但仅仅说不，还是在回答人家的问题，不意味着有自己的新问题。纵然背道而驰，还是在同一条道路上呀。我们看各朝各代的隐士，从《后汉书》的《逸民传》翻到《明史》

的《隐逸传》，两千年间，一点儿进化也没发生。做的事还是那么几样，想的问题还是那么几个。一种历经千年的传统，竟谈不上有什么发展史，原因谁也说不清，但事情确实如此。

举一个最表面的例子。隐士都喜欢渔弋山水，喜欢写山水诗，画山水画。陶渊明是这样，后来的人也是这样。没钱的，要找一处风景美好的地方，山居岩栖起来；有钱的，会盖园子，装点山林，虽只是片山数石，也以为野趣盎然。人都欣赏自然之美，为什么隐士为甚呢？也许是简单的象征，也许是面对山峦，更觉得自己体玄识远，萧然远寄吧。

但是，如此爱山，如此爱水，止于观赏，对满目的松师石友，竟从不曾发生知识的兴趣，是件奇怪的事。没有一个人想到事实的考索，没有一个人去建立新知的体系。天天混迹在自然界中，对自然的运行，毫无体察，一点儿也不觉得有什么惭愧。人人如此，代代如此，一直到两千年后，才出了一位徐霞客。

在人皆入彀的时代，隐士是最当被寄予希望的一批人，难得的独立群体。可惜一直没有独立地发展，像镜中人，虽然相反，却仍是主流的影像。没有新的价值观，所以屈原会自杀；没有新的思想，所以陆羽要大哭。从道不从君，但道又在哪里呢？隐居求其志，但何为其志呢？这不是他们的遗憾，这是我们的遗憾。

在陶渊明，已经觉到精神的孤云无依。天道幽远，鬼神昧然，他就像没有信仰的苦行僧，虽可屡空晏如，终究顾影自怜。他的喝酒，大概也是想摆脱灰暗念头的纠缠。鲁迅说陶渊明"对于人生，既惮扰攘，又怕离去，懒于求生，又不乐死，实有太板，寂绝又太空，疲倦得要休息，而休息又太凄凉，所以又必须有一种抚慰"，这抚慰就是酒了。"天运苟如此，且进杯中物。"其实天运并非仅此，只是他不知道。

# 徐光启：此几何非彼几何

徐光启一生做了许多了不起的事，其中三件最有标志意义。一个是翻译《几何原本》，一个是写了一篇《辨学章疏》，第三是向内地引进了红薯。

别小看红薯的引进，没有它和后来的玉米，中国的人口就没有可能从几千万，猛然跃升为乾隆年间的两亿多。我们今天于地大物博之外，复有人口众多之盛，全靠清朝打下的底子，玉米、红薯大有功焉。

《几何原本》不用多说，《辨学章疏》指传统伦理缺少一种可靠的内在道德动机。归根结底，一个人为什么要做好人？古代君子，重视自我评价，不欺暗室，唐宋以后的儒者，认为善发乎人性。——对普通人来说，这些都太难了。如果善是对自己的义务，似乎做了件坏事，得罪的只是自己；如果善是对别人的义务，放弃这种义务的理由又太多了。

徐光启在清代的名声，虽然不小，但远远不能与他的贡献相副。谈实学的如刘献廷等，才看重徐光启，至于普通的读书人，大多数没读过他一字一句，甚至不知道这个人。原因很多，其中一件，人多回避，那就是主导舆论的东林党后学，对他并不感兴趣。

明代晚期，东林党和北党（其中的主力，即被东林称为阉党的）激烈厮杀。东林起于吴中，主要成员多是江南读书人，徐光启是上海人，他与东林党人的交往，自然是很多。东林党是政治派别，而四十岁以后的徐光启，心有所属，对政治斗争实在是没那份儿闲心。他曾在信中说："党与二字，耗尽士大夫精神财力，而于国计民生，毫无干涉，且以裕蛊所为，思之痛心，望之却步。"当时朝中壁垒森严，非此即彼，徐光启在阉党和东林之间不作左右袒，阉党对他不高兴，难道东林党对他就高兴了？

明末西学越海而来，东林党中的一些人士，也很有兴趣，但作为政治党人，多数东林人对西学顾不上注意。早期的东林巨子，虽然隔膜，相处之际，还是彬彬有礼。如健将邹元标，只是说西学诸义，我国圣人和历代名儒，早已讲说透彻，详尽无余，属"古已有之"。——没有意识到新学同道学根基的根本冲突。后来如邹维琏等，便起而攘之了。

冲突是必然而且无处不在的。最简单的例子，是徐光启要入天主教，但教义禁止一夫多妻。他只有一个儿子，没有孙子，曾想娶一妾，以求子孙无穷。但格于教义，只好作罢，并感叹道："十诫不难守，独不娶妾一款为难。"

有一个叫黄贞的人，头脑锐利，曾拿这一项来质问传教士艾儒略。黄贞举的例子是周文王。旧史里说周文王多后妃，生百子，而他又是中国的圣王。那么，难道这样一个圣人，也要下地狱吗？艾儒略只好支吾不言。文王之外，古如舜有娥皇、女英，今如皇帝后宫三千，谁敢让他们下地狱？

对类似的争执，徐光启是能避就避。他一生求精责实，只是事情也不容易做。萨尔浒之败后，徐光启数次议购新式火炮，都不顺利。等他得了崇祯信用，正值兵势日迫，便主张除购炮外，招募三四百名葡萄牙炮兵，分派边镇，做炮兵教习，甚至做雇佣军上阵打仗。这是前所未有之事，立刻有人上疏反对："堂堂天朝，精通火器、能习先臣戚继光之传者亦自有人，何必外夷教练然后能扬威武哉？"

此事便作废了。徐光启曾叹道："名理之儒士，苴天下之实事。"他一生辛苦，做的许多事情，在今天看来，似乎有些浪费天才，如要练兵就手自教习，要移植红薯就自己种实验田，余如译书、编《农政全书》，都是极吃力的工作，大约是知道争论无用，别人的想法，不是他能改变的，只好闷头苦干，既得心安，复望为后人铺一点路。

有道是落后就要挨打，先进就要挨骂。骂徐光启的人居然不多，这和他为人宽和、大有长者风范有关。至于忽然得了大名，那是近代以后的事情了。又他主译《几何原本》，因为利玛窦太忙，只译了六卷。他在世时，看这书的人没几个，他曾说不知到什么时候，有什么人，会把后半部译出。现在我们知道了，《几何原本》在二百多年后的咸丰七年，由李善兰等译完。

# 田横：穷岛至今多义骨

陈胜、吴广首建义旗，关东纷纷而起，大约每个县都有一支武装，而最早称王的，赵有武臣，楚有景驹，燕有韩广，魏有魏咎，韩有韩成，齐有田儋。田儋有两个堂兄弟，一个是田荣，一个便是田横。他们在狄县起兵，只用了几个月，尽复齐国故地。

齐人对秦恨得咬牙切齿，一半是因为秦的暴政，一半是源于对自己愚蠢的羞怒。强秦蚕食关东时，齐国一直奉行绥靖主义，几次五国联兵，齐国均不参加，唯恐惹祸上身。秦国采用范雎建议的方略，远交近攻，齐国一时偷安，沾沾自喜，以为是自己外交的成功。等到秦灭掉五国，长趋入齐时，这个东方最强大的国家，未做抵抗，就变成了秦的郡县。

齐鲁的文士，带头与新朝合作。大袖飘舞，奔走在咸阳城中，好不兴头。没想到热脸贴在冷屁股上，惹来一场焚书坑儒，所焚的书，多是鲁书，所坑的士，多是齐士。这才鼠窜蛇伏，不敢露面了。陈吴起义，鲁儒积

191

怨发愤，带着孔氏的礼器前去投奔，孔子的后代孔鲋，还做了陈胜的博士。待到强雄四起，士人有以选择了，或南或北，或楚或汉，而在齐地，最得士心的便是本地的三田了，尤其是田横。

田儋、田荣死后，田横立田荣的儿子为王，自为齐相，是齐国实际上的领导者。刘邦想取得齐地，双管齐下，一派韩信攻齐，二派郦食其出使齐国劝和。郦食其辩才极好，向齐王和田横分剖天下形势，清清楚楚。二人被他说服，便取消了军队的战备状态，派使者去同刘邦和谈。没几天韩信军队突然袭到，齐军无备，立刻瓦解。

齐人又一次尝到来自西方的欺骗，不知心里是什么滋味。此后田横数度与汉军作战，但力不能敌，最后率五百人逃到一个海岛上。刘邦平定天下，知道田横最得齐地的贤士大夫的拥戴，便想召来田横，以收士心。他赦田横一切无罪，许以王侯之封，还吩咐郦食其的弟弟不许找田横的麻烦。田横无可推辞，只好随使者到洛阳去见刘邦。

田横脚步越走越重，等走到一个叫尸乡的地方，离洛阳已不到三十里远，再也无法举步。他说，当年他和刘邦同是称王称霸的人，现在一个是天子，一个是逃亡者；此时向刘邦称臣，实在是太羞耻了。田横便自杀。

消息传到海岛，五百人也自杀了。

汉以前的人，生死观和现代人很不一样。那时，自杀是高贵的死亡方式，人们会为各种微小的原因而自杀，并不一定非要到走投无路的地步。但像这样大规模的集体自杀，十分罕见。汉人对这种行为，非常推崇，田横和他的手下，虽然生前没有做过什么太了不起的事，从此成了传奇。毕竟，秦汉之间的逐鹿者，后来或降或反，或死或亡，如田横者，仅此一人。

有些事情，我们现代人以为愚蠢的，古人以为是高尚，我们以为虚浮的，古人以为是荣誉。荣誉感曾经在价值观中居有高位，南北朝后降了一半，明清后又降了一大截。所以古人的一些行为，我们只能言不由衷地赞美，却不易理解了。田横的自杀，是因为一旦北面事人，没面目见部下和父老？还是心怀故国而绝望？那五百人的集体自杀，又只是为了报答田横？传说《薤露》《蒿里》这两首古歌，是田横的门下士为他作的挽歌。二曲早已有之，可能田横的门人为之填过新词，并得流传。《薤露》把生命比喻作露水，奄忽即逝，一去不归。是古人也知道生命的可珍贵，其轻死生者，大概是另有不得已。

齐国是周初分封的大国，到田横之死，便完全灭亡了，再也不曾恢复。这样一个大国，值得拥有田横和他的五百义士这样名贵的人殉。无论是姜齐还是田齐，都不盛产烈士，最后却出了田横这批人，大约地气所钟，有寡处便有多处，有散时便有汇时。等到轰轰烈烈的葬礼过后，人们还要寻各自的出路，齐鲁的儒士，也将成为汉朝的智囊，制礼定制，忙得不可开交。

田横所居的海岛在什么地方，史书里没有说。直到唐朝以后，才出现"田横岛"，而且不只一处，自是后人附会而来。

# 世风越俗，雅人过得越好

前面的一篇文字曾经提到，齐国人因为长于经商，屡被各地的人攻击。是的，战国年间的齐人，名声并不很好。从吕尚建国那一天起，齐就以通工商之业、便渔盐之利为发家的秘诀，进而有管仲的改革，降低关税，为商人在旅途上建立接待站，有了这些方便，熙熙攘攘的逐利者，自然归之如流水了。商贸使齐国富饶，也使它受非议；齐国的邻居，正统而保守的鲁国，就十分看不起齐国的鄙俗作风。

除了反感齐国的庸俗，各国还担心齐国成为道德堕落的带头人。孔子对管仲，就持着复杂的态度。毕竟，物质太像是容易引导出物质主义。——不管怎么样，在邻国妒忌的注视下，齐国从一个地方百里的小国慢慢变成了东方唯一的大国。在苏秦以及他人的描述中，临淄在籍的民户为七万，若平均以每家五口之数，就有三十五万人口，加上众多的外国人，这个城市的日常成员可能有四十万至五十万人，这在当时是很大的数目。

百年前的欧洲人，也都觉得美国是俗气冲天的土财主。但如管仲所说，"国多财则远者来"，欧洲大学里的顶尖人才，很快就纷纷渡海了。"富而好礼"是不容易做到的事情，"贫而乐"则是一定做不到的事情。

　　临淄城内的面积只有六十平方华里，拥挤而热闹，道路上车轮挤撞，行人摩肩接踵。市民喜爱享乐，尽管时有禁令，锦绣制成的漂亮衣服依然流行，更流行的是音乐，人多有技能，或吹竽鼓瑟，或击筑弹琴。赌博风行，有斗鸡和赛狗会，另外一些今已失传的游戏，如六博和一种古代足球，也为临淄人所爱。作为天下商贾的居停主，临淄人富裕，也因而志向高扬。奢靡不是他们唯一的特征，在出土的战国文物中，齐器最为精致，证明着对细节的关心是如何从日常生活的乐趣中发展而出。

　　最重要的，是他们拥有稷下。中国有过若干辉煌时代，但称得上伟大的，首推稷下时代。开列一下那些光彩四射的名字，翻几页《汉书·艺文志》的著录，就能看出，在精神性成就方面，一个世纪的创造抵得上二十个世纪的因循。

　　和稷下同一时代，雅典的吕克昂学园请到亚里士多德来讲学，得以繁盛一时。吕克昂学园设在第奥恰勒斯城门前，相似的是，稷下学宫建立在临淄西南方的稷门之外，某条要道的路边。两千多年前的官道野径，为泥泞、尘土和冰雪所周替覆盖，士兵、外交人员、商贾、犯人风尘仆仆地经过，与别处不同的，此处，路边的农人还能看到许多学子，或乘木轮车，或踏麻鞋从四方赶来。淳于髡、孟轲、宋钘、尹文、慎到、接子、田骈、环渊、兒说、荀况、邹衍、邹奭、鲁仲连，名声不那么响的彭蒙、季真、王斗、田巴……还有成千上万的学生，在一个多世纪里，特别是在从公元前四世纪中叶开始的一百年中，空前绝后地辐辏至一个几平方公里大的区域。

建立学宫和厚待学士，从一开始就带有功利的目的，希望这些有学问的人成为齐国的政治助手。除此之外，对学术的喜爱确实也是田氏的家族传统。在桓公设稷下学宫前，另一个右文的国王是魏文侯（他的名声和作用都有些像马其顿的阿克劳斯国王）。魏文侯死后，后代不再继续他的爱好，而桓公的后代俱能克绍箕裘。厚养学士几乎成了父子祖孙间的竞赛，学术领袖可以收到豪华的住宅，高额的津贴，其来有隆重的迎接，其去有丰富的馈赠。他们被赐以上大夫的官号，但只享受其禄米，并不需要在职位上工作，也不承担任何具体事务之责。有官无守，有言无责，论政不合也不被加罪，这种情形非常独特。当时的诸国，虽都有养士之风，却没有一个国家像齐国这样胸怀宽广。稷下的学者常年有数百人聚在那里，他们中的许多复有众多的门徒，最多的据说达上千之众。这几千人聚在一起，日以讲学、辩论为事，他们的生活来源是什么呢？不会只有一种，但肯定有相当的一部分来自官方。

齐国从中获得了什么回报呢？它曾一度享有非常高的学术声誉，一些学士或在政治或外交活动中表现卓越，或给这个国家许多建议。但战争消灭了余裕，新的秩序根本来不及产生。齐秦之间的诸国，很难说对两个国家中的哪一个更仇恨一些。即便按人之常情，嫉妒也要占恐惧的上风。最后，在政治，或军事上的最后胜利者是一个野蛮国家，而不是齐国。后人对齐国的命运多加讽刺，因为齐国的政治状况恶化时，自由的学者像候鸟一样离开。这种作风在战国时实属正常而被广泛接受，却不会为大一统社会所鼓励，更何况稷下学者思想的幅度，早超出专制帝王所能容忍的范围，后者从秦国尚可学到一点经验，而只好视齐国为教训。战国时代在后代屡遭正统人士批评，但后代成员的创造力，只在社会结构崩溃时才偶尔焕发一次，这一点，以及稷下学宫的兴盛与齐国之最终不免于灭亡，真是一个讽刺，——不过不是对齐国的讽刺。

# 叁

——

以天下为狗任

# 韩非：一编书是王者师

从最多的机会到最少的，从最丰富的出产到最贫乏的，从最蓬松的社会到最紧缩的，这一剧变的发生不过在百年之间，其大功告成，也只又用了两百年。韩非想象中的社会，竟得实现，只惜他没来得及眼见它实现后的实际面目。

君主的统治，多种多样，对他们而言最好的一种，当然是最彻底的，将权力越过山川，越过臣僚和地主，通向每个子民的屋室，宰制天下，如臂使指。在韩非之前，没一个人能做到；在秦始皇之后，一代代的皇帝都能做到，虽程度不能臻其极，规模已在。

韩非给君主出的主意中，对未来影响最大的，是他建议把社会"压扁"。战国时不只雄强林立，社会内部的结构，也空前复杂。这一时期的诸侯不如春秋之多，但新起的力量，足能弥补丰富性而有余。士人从宫廷剥离出来，成了独立的力量；商人使财货周流；武人四处游荡，寻找雇主；贵族结交游士，自拥兵卫，阻变王令，挑战君上的权威。

在韩非的理想社会，这些都不能允许。韩非建议君主除五蠹之民。哪"五蠹"呢？曰学者，曰言谈者，曰带剑者，曰患御者，曰商工之民。韩非说，重视自己生命的人，一打仗准得逃跑，要这种人有什么用？讲求学问的人，会怀疑法理，要这种人有什么用？有吃有喝且不做工的人，嘴巴能说心眼聪明的人，任侠恃武的人，这几种人都不能要，应予铲除。有用的人只两种，农民和兵士。——韩记理想国的社会成分，倒真是简单呢。

处士田仲，不仰恃人而食，韩非说，这样的人如同实心葫芦，对国家一点用没有。孟子说："君有过则谏，反复之而不听则去。"士不为己用，是君主最痛恨的事。而一旦韩非的理想实现，哪里还会有这种事呢。用韩非自己的话说："以天下为之罗，则雀不失矣。"

进入理想国，韩非发现了最有效的途径：消灭，或尽可能地限制中间阶层。将利益许诺给农民和兵士，使他们与君主合作，从两端挤压。著名的《孤愤》一篇，着重讲述去"重人"（权势阶层）的理由和办法。难怪秦王一读《孤愤》，拍腿大叫："嗟乎，寡人若得见此人与之游，死不恨矣。"

重人既去，在皇帝与农兵之间，就只隔着由法术之士充任的吏人了。"宰相必起于州部，猛将必发于卒伍。"

今天听起来不错，是吗？在两千多年前，可不是个好消息。这一回，农兵与君主（后来定号为皇帝）的距离倒是近了，近到有机会亲口尝尝皇权的滋味。从一种压迫下解放出来，随即丢掉了进一步解放的希望。得到一世的好处，代价是两千年的前程。

控制这些人民，韩非也说出了不二法门，一曰威，二曰利。韩非觉得这对人民来说，也是最好的前景。——"夫良药苦于口，智者劝而饮之。"这当然是好话，但如果人家不听劝怎么办？这里边的道德困境，对韩非不成问题。他举了另一个例子：小孩子生了痈肿，父母用针挑开。小孩子不知道这是为他好，自然大哭大叫。而父母才不会去管这小孩子的"民意"，该怎么挑就怎么挑。这是为孩子好，对吧？韩非说，"圣人之治民，度于本，不从其欲，期于利民而已"。民欲不可从，因为人民如同小孩子，未必知道什么是对自己好，什么不好。那么，谁知道，谁来决定众民的利益，还用说吗？

孟子说："有王者起，必来取法，是为王者师也。"孟子幻想了一辈子，也没见哪个王来找他取法。"来的都是客，全凭嘴一张；相逢开口笑，过后不思量。"历代帝王，表面上尊礼重儒，却无一不是韩非的弟子。——就算韩子的书他们没读过，也从历代的传授中，取得其中精味。自然，后世奉行的韩非之道，是折中过的，去掉其极端之处，再经儒家的润色，使其可行。此即所谓孔孟其表，申韩其里。

有意思的是，韩非其实是个好人，正直，高傲，聪明。他讲过几十种诈术的花样，自己却是个老实人。他的智力，远过于孟轲，也未必不及荀况。他的气概，也远非仪秦之辈可比。但某种原因不明的愤恚，笼罩他的许多篇章。是否只是因为其不得志于朝？不知道。他几乎就是个士人的叛徒，把行当的秘密，一股脑招供出来。老子讲邦之利器不可以示人，孔子讲唯名与器不可以假人，都是白说了。韩非倒不一定是有意这么做，著书的时候，自不知道自己的著作，竟会被一位君主完全理解。

或许他有点预感？他曾说过："慕仁义而弱乱者，三晋也，不慕而治强者，秦也。"

韩非与李斯同门，都是荀子的学生。据说李斯相秦，荀子为之不食。荀子死得早，没看到后面的事情。韩非之死，有不同的说法。李斯的死因，史有明言。他们都没听过这样一个寓言：以前的狮子，并不怎么威风。后来，狐狸到狮子那里去献计，请狮子吃掉动物来立威。狮子采纳了，并且，"从你开始"。

# 以师为吏

对秦始皇以及秦朝的政治，汉朝人斥之以"暴"，——暴则暴矣，不过哪个王朝又不暴呢？贾生过秦，把秦朝二世而亡的原因，归于不行仁术，唯力是用。他的话是给汉朝皇帝听的，皇帝也就真的听进去了，当然不只是听贾谊一个人的话，也不只是被儒生的推理说服。

在历史中，秦始皇的才略和武功，一直被赞颂，他的制度，一直被批评，他的焚书坑儒，一直被咒骂。我是"反秦派"，对秦朝的政治，绝不喜欢，不过有时又想，如果秦朝的统治能够延续一两百年，在某些方面，说不定是好事。

秦朝成于集权，亡于集权。区别在于秦国小而天下大。古代的生活，现代人已不易想象。自有电报之来，此岸的消息传到彼岸，以分秒计，而在过去，至多不过是马匹的奔速。人的神经传导，快时可至每秒钟一百多米，想象一下这个速度如果降到每秒一厘米或更少，菜刀割到手指，等你察觉时，菜已下锅，炒得半熟，欲救手指而来不及矣。有篇幻想小说，写到一个庞大到星系尺度的生物的统治。这个生物，最好能有比光速快若干倍的传感速度，不然人类在这边庆祝造反成功，怪物的脑袋还在那边兴高采烈。

秦汉这么大的古代帝国，没有一定程度的社会自治，根本运转不动。地方的官员，则需能有责任心地自主行动，否则出了变故，不敢做主，一定误事。秦兵之强，足够扫荡关东，但陈吴之辈造反时，面对的只是手足无措、互无救应的地方官。这与后来的社会很不相同。后世地方官，多"以天下为狗任"，纵遇意外，律令所不及的，也另有一套规则，也就是圣人之法，可以遵从；有时天下大乱，连皇帝都死了，地方上还在抵抗，或连寨自保，或治兵勤王，如百足之虫，每一节都有小的中枢。

这些"忠义之士"是哪儿来的呢？自汉朝以后，朝代或有更替，制度大抵一样。原因有一个，作为社会领袖的地主，在汉朝被"儒化"。任何政权，都得靠这个阶层来施行管理，官僚从士人中来，士人从地主中来。这一批人的政治理想不变，中国也不变。

本来，关东六国的士人，半独立于行政之外。他们的出身五花八门，收入来源各自不同。中间的许多人，自然要加入行政体系，不过加入的道路，并无一定之轨。到汉朝就不一样了。汉武的独尊儒术，只是句口号，厉害的是那以后的官吏选拔制度。做官要考试，考的是儒学，时间一长，土财主就被改造。皇朝需要士绅的合作，士绅需要权力以保障他们的地位，儒家的价值观，果然适宜这种结合。土财主派儿子去念书做官，白胖胖的一个孩子出去，回来已变成儒士；代复一代，儒学传家，举止皆在其中。

如果秦政得以延续，他们和地主，迟早也是要合作的，只是这一合同的文本，未必就由儒生书写。那么，不但百家争鸣，或可复活，而后世那种士就是官、官就是士的状态，或可避免。——当然，历史不接受假设，这里只是说着玩。

或说，士绅与儒生的合二而一，有什么不好？曰没什么不好，除了一样，那就是使儒家的缺陷，成为全社会的缺陷。儒家有很多高明的地方，提倡道德生活，维系传统，最有力焉，但有几种不足，第一是政治上的法古。每朝每代，用不了一两百年，往往天下糜烂，在儒家看来，只是因为对他们的政治主张遵从得不够，而从来没认真想过改变主张。

另外，儒家对物理世界的知识，几乎没有兴趣，对灵魂问题也不大关心。我们知道，有两种事物，最值得也最能促使人动脑筋，一个是广不可测的世界，一个是深不可及的内心。孔子的智慧，在清人看来，仍历历如新，因为这一知识体系，大抵不出人伦世界。士人是国家的脑筋，他们不动，就没得动了。

读书人治理社会，对社会或许不错，对读书人自己就不太妙，长久来看，则对谁都不妙。秦朝以吏为师，自然浮浅，后来以师为吏，遗患更大。秦皇统一，对六国士人颇不信任，甚至焚书坑儒。汉初的读书人，提起秦政，无不切齿。从汉朝开始，读书人自然是混得不错了，食在其中，禄在其中，而创造的能力，则不知到哪里去了。创造是种传统，古代特异之士不是没有，但太少了，不足以前后相继，更别提相对切磋。

如只从前景来看，秦不如六国，汉不如秦，后面的朝代，出入于五十步与百步之间，而都不如汉。秦始皇自己是不懂制度的，任用的谋主，也谈不上有什么眼光。不过此类事情本不是能设计出来的，能设计而出的反是拙劣之物。秦的暴政，打破了读书人干禄的常式，反倒可能促出一批自作主张者。不用担心读书人会消失，知识越是珍贵，就有越多的人热爱它，秦皇用最简单的办法去清除知识对集权的威胁，并无可能成功，至多使读书人游离于行政体系之外，而这听起来简直像个好消息。

# 主父偃：丈夫遭遇不可知

《史记》里说，主父偃每读乐毅报燕王书，都要掉眼泪。乐毅有大功于燕，受到猜忌，流亡赵国。主父偃自负奇才异能，欲立功当代，乐毅是他的榜样之一，所以感慨其遭遇。不过，到主父偃的时代，许多事已变化，假使乐毅重生，最后的下场，怕只得横剑而死，而没有赵国可以避难了。

主父偃是临淄人，从小学纵横术。齐地多儒，他那一套自然吃不开，混了几十年，毫无名堂。他家里又穷，借贷无门，只好北走燕赵，看看有没有机会，然而仍不见任用，窘迫日甚。他却怪诸侯王规模太小，容不下他这等大才，索性西赴长安，直接找天子讨饭。这时他已过半百，在京师东一口西一口地撞饭，人都厌烦他。走投无路，主父偃只好用最后的办法，诣阙上书。他的运气偏好，赶上另有二人先后上书，汉武帝便把他们一同召见，一见便高兴地说："你们这些年都在什么地方鬼混？这么晚才找我来。"立刻拜他们为郎中。其中主父偃最得武帝欢心，一年内升迁四次。

他的出身和境遇，很像武帝的另一个侍臣，以"休妻"出名的朱买臣。朱买臣当上会稽太守，穿身破旧衣衫，步行到郡邸，仍像当年那样到小吏那里混饭吃，人们也仍像当年那样轻视他。最后他拿出印来，把大家吓得半死。——小人得志，意态如此。不过，也有好些人觉得他这样做是很痛快的事。

主父偃比朱买臣要高上两三等。但他淹蹇多年，难免愤激，又爱记仇，是以摘奸发隐，不留余地，大臣都害怕他这张嘴，纷纷给他送些财物，只盼他在武帝那里少说些坏话。人或劝他不要"太横"，他说：大丈夫"生不五鼎食，死即五鼎烹"；我游学四十余年，到处吃白眼，如今总算出人头地，却已垂垂老矣，"吾日暮途远，故倒行暴施之"。

说完这些名言，便继续他的事业。当年他在燕赵颇受过些气，后来曾告发燕王奸事，燕王身死国除，与主父偃不无关系。赵王担心主父偃迟早害到自己头上，先下手为强，告主父偃的状，正赶上主父偃在别的一件事上出了岔子，大臣趁机落井下石，主父偃遂被武帝处死。

若只有这些，主父偃不过是朱买臣第二。使他成为大角色的，是他建议的推恩令。汉初集权初形，有许多同姓的诸侯王。景帝削藩，大打了一仗。至武帝，既想削弱诸侯王的力量，又担心惹出七国之乱那样大的战争。怎么办呢？王室本来实行的是嫡长子继承制，所以数代之后，规模依旧。主父偃的主意，是令诸侯王裂土"推恩"分封子弟，这样，一个强大的王国，将变成若干弱小的侯国，再也形不成对中央集权的威胁。这个主意的巧妙之处，是诸侯王即使知道其用心，也有苦难言，因为推恩令显得那么合情合理，富有道德感，而且惠及多士，诸侯王若是敢对抗，连自己的儿孙们都要得罪了。

此令一出，汉朝皇族内部的权力斗争便告终结，而郡县制也站稳了脚跟。只是自此之后，率土之滨，莫非王臣，士人的出路，少了许多。武帝时，淮南王刘安名誉很高，天下士人，半在寿春。他和门客共著了一本《淮南子》，以道家为主，而包罗百氏。这样的百科全书，不出在皇家，出自诸侯，可见刘安的规模了。刘安因半真半假的谋反罪名被诛，后来的诸侯王，只知胡吃闷睡，再无野心，也无能力养士了。

如主父偃者，投阙之前，还去过燕国、赵国和中山国。后代的士人，免了这些麻烦，而只有两条路可走了，或者为帝王之属臣，或者是湖海的野民。其例外者，是在晋朝，司马氏的同姓王很有势力。晋朝学术发达，为史上一大异局，不知与此是否巧合。

主父偃之死，只有一个姓孔的人给他收尸，可谓凄凉。他当年困顿时，父亲、兄弟都不搭理他，唐朝李贺在诗里说"主父西游困不归，家人折断门前柳"，只是臆想之辞。后来主父偃回老家做齐相，把亲友召集起来，大大数落一番，说从此绝交，你们不要再入我主父偃的门。然而主父偃后来是被族诛的，他的家庭，终于还是陪着他倒霉。

# 卜式：此式非天下式

想当年汉武外事四夷，内兴功利，烦费巨亿，天下虚耗。弄钱的办法，也都想遍了，直到连打鱼也要收归官营。只是国用未见丰足，贫者反而益贫。那时毕竟是古代，富人还没什么觉悟，不要说不肯捐输以佐公家之急，有一回山东发水，向他们借，都借不出钱来。

忽有河南养羊大户卜式上书，愿意捐出家财的半数，以助军兴。天下怎么会有这样的好人，怎么会呢？汉武帝又喜又疑，派使者去问他有什么要求。卜式说：没什么个人要求，只是觉得县官和匈奴打仗，有官爵的应该出命，有财产的应该出钱。话说得如此朴实，在武帝耳中，不啻时代的最强音。汉武把这话和丞相公孙弘商量，公孙弘却说：此非人情，不可以为"化"以乱法。此事便搁下。几年后，招赏降人花费太多，迁徙贫民的钱告缺，卜式再次提出捐输二十万钱。当时富人争相匿财，一捐就是这么多的，普天下不多不少，只有卜式一位。这一回武帝感动得再也受不了，立拜卜式为中郎，另有赏赐，布告天下，尊显以"风"百姓。

这里提到风和化。风就是教，如风行草上，化则是从风而服，随风而化。古代以德治天下，风化是主要手段，后来流行的旌表烈女孝子，都属此列。在林立于古代的种种榜样中，卜式算是最早最有名的一位。有意思的是，对道德榜样的褒扬，是许以名利，想让人知道做好人可能得"好报"，即有利可图。一方面宣扬反功利即为道德，一方面又以功利劝善，只能令道德的含义本身发生堕落，执行长久，后果不问可知。

数年后吕嘉造反，已经官为齐相的卜式又上书"愿死之"，即报名从军。他养羊的本领了得（曾传有《卜式养羊法》，虽是伪托，可见他在古代畜牧业的声望），打仗是不行的，年纪又老，确实和送死一样。武帝不让他去，下诏表彰说：今天下有事，各方官员贵显没一个挺身而出的，只有卜式一个好人，"虽未战，可谓义形于内矣"。赐爵关内侯，金六十斤，田十顷，布告天下，让百姓学习，"天下莫应"。

武帝一手颁告缗令，一手褒扬卜式，一手大棒，一手胡萝卜，而百姓仍然不肯分财给天子。于是大棒上场，告缗遍天下，中等以上的商贾，大抵破家。结果怎么着？"民偷甘食好衣，不事畜藏之业"——挣点钱都花了，也不肯留给官家。每回读《汉书》至此，我都要叹气：怎么汉朝人的觉悟这么低呀？

从卜式前后的作为看，这个人确实是老实的好人，没理由怀疑他的真诚。问题出在武帝身上。古代政治理论，一大核心是要与人类趋利的本性做斗争。斗争的结果可想而知，不是率天下为善，倒是率天下为伪。

至于如何富国，既充实中央财政，又不使民间经济失去活力，说老实话，在抑商扼巧、天下以贫的古代，是条死胡同，不可能有什么好办法。通常的情况是，对富人，无事任其胡为，有事力加搜刮。明末崇祯年间，财政崩溃，亡国在即，这时有一位李琎想出主意，请搜刮江南富户，以实军饷（郭沫若曾夸赞此议为"相当合理的办法"）。大学士钱士升疏论曰：

> 郡邑有富家，固贫民衣食之源也。地方水旱，有司令出钱粟，均粜济饥，一遇寇警，令助城堡守御，富家未尝无益于国。……今以兵荒归罪于富家朘削，议括其财而籍没之，此秦皇不行于巴清、汉武不行于卜式者，而欲行于圣明之世乎？今秦、晋、楚、豫已无宁宇，独江南数郡稍安。此议一倡，无赖亡命相率而与富家为难，不驱天下之民胥为流寇不止。

这自然是典型的富人立场；历代也多批评此论代表着富贵阶层的自私、不与国家共患难。是的，确实如此。但自私毕竟根于人性，是通过制度来利用亦即限制，或通过制度来抵制亦即纵容，那也是古今之分野了。

"秦皇不行于巴清"，说的是巴寡妇清（据说近年已被封为"中国的首位女企业家"），采矿致富，用财自卫，不受强秦的侵犯。至于"汉武不行于卜式"，自是指汉武大力树立卜式，终于无补于事。当然，所有这些都怪不到卜式头上，他的本色是牧羊，爱国，做好人，哪里能够对后面的事负责？

# 董仲舒：推阴阳为儒者宗

秦朝灭亡，百家复苏。重拾缀绪，吵吵闹闹。文、景重黄老，儒生的心里很不是滋味。

实际上，黄老不足为大国治。此时申韩低潜，杨墨式微，儒家独大的局面，已将形成。只是与统治者如何合作，尚存疑问。

汉武帝时，诸侯王不再能同中央抗衡，强大的已被铲除，弱小的回心俯首。他坐享大一统的局面，只是没有大一统的理论。秦朝倒是有过，但丧钟在耳，哪里能够搬来用？汉武要改制，不满足于文、景的局面，下诏求言。这一求便求出董仲舒来了。

董仲舒所上《天人三策》，是一个合作纲领。我们可以把当时发生的事情，视为儒生与君主的谈判，董仲舒无意中充当了谈判代表。这谈判的结果，是我们已经知道的。

董仲舒把合法性作为第一项交换条件。甲方的皇帝受命于天，汉朝代周秦，并不是简单地继前王而王，乃是天道运转，不得不然。——但天命何以体现呢？你怎么知道这就是天命呢？天不言，儒者多言。皇帝受命于天，因为儒生说这是受命于天。

乙方的儒生是天命的解释人，口含天宪，披陈天意。这有点像祭司了。是的，董仲舒是儒教的实际创建人。在教内，后世并不承认他这一地位，在思想上，他也不是先行者。但他建立体系，并使之成为圣教。所谓神道设教，这离孔子的学说，相去很远。孔子是不大讲天命的；他倒爱讲天，但作为殷人的后代，孔子的"天"是一种自然神，从来不曾与人"合一"。孔子的出发点是人事，后儒将孔子体系颠倒过来，以天统人，起孔子于地下，面对这一新生事物，也会觉得面生的。

董仲舒提出一整套理论，来证明天的意志，是可以观察，可以解释的。比如说，天欢喜，便有春，天快乐，便有夏；秋是天的忧愁，冬是天的悲哀。天道就是人伦，这叫天人合一。从四时相代到生活中最小的细节，无不体现天的意志。你不知道是你不懂。

天道有常，人必须顺天承意，体现为皇帝要听从天的意志，臣民要听皇帝的，儿子要听父亲的，女人要听男人的，如此等等，"下事上，如地事天，此之谓大忠"。——"忠"是皇帝最愿意听的一个词，董仲舒确实知道他在对什么人讲话。

为什么要提倡忠呢？按照董仲舒的"三统三正"理论，夏代是主忠的，殷商是主敬的，周秦是主文的。周秦之道为文道，其弊也在文弊——花样太多，不够纯一。三统循环，汉朝继周，又该轮到忠道了，这叫用夏之忠，以救文弊。——古代伦理的范畴，"忠"本是最难证明的。董仲舒给出了两个证明，一个在天命观里，一个在历史观里。如果说后代不曾有更好的证明，那也只是因为本来就不可能有好的证明。

到此，董仲舒已经提出一套基本的政治秩序。儒生可以证明、加入、维持以及在必要时修补这一秩序，作为条件，乙方要的很简单：罢黜百家，独尊儒术。

两下一拍即合，便有了历史上最成功的一场勾结，或合作，或……不管你叫它什么。

但在汉武帝、董仲舒时，这一合作只是初具规模，许多谅解尚未达成。如在董仲舒体系中，天的地位太高，还得"屈帝以伸天"，这是汉武帝不爱听的，——他恨不得自己就是天。董仲舒之未得重用，或与此有关。另外，他的脾气过于朴直，也是武帝不喜欢的。

武帝也不喜欢儒生借天象以示警。作为天人之证，灾祥是神意最强大的证明。但说说祥瑞倒也罢了，灾异就不是好玩的了。建元六年曾有辽东高庙和长陵高园便殿两次火灾，董仲舒与《春秋》比照后，得出结论，"天灾若语陛下"：你应该诛灭在藩亲贵中的坏人，就像我燔烧辽东高庙一样；应该诛灭近臣中的坏人，就像我燔烧高园殿那样。他的草稿被主父偃见到，偷去奏给汉武帝。汉武帝拿给众儒看，就连董仲舒的弟子吕步舒，不知道是老师的文字，也说这是"大愚"。因为妄言灾异，董仲舒被下狱。以后他再也不谈灾异了。

后世儒生，也不大谈灾异。双方默契已成，花花轿子人抬人，不会再拿索要证明之类的事难为对方了。

# 王莽：百姓不仁，亦以圣人为刍狗

　　王莽篡汉，几乎开创"恶劣的先例"。本来，士人也罢，儒生也罢，在权力中的角色，至多为辅弼，为师保，大如孔子，也不过人称素王；庖人便不治庖，自有草莽英雄取而代之，士人或强仕而死，或另投贤君，或退守其身，哪有图穷匕见，自己要做皇帝的，岂不破坏了合作关系？从这一方面说，后儒之喜欢骂王莽，也不无撇清自己之意。

　　王莽年轻时，时人有个评价，说此人"敢为激发之行"。什么是激发之行？拿今天的事打比方，公务活动中人家宴请，虽然不甚妥，但也不是什么大不了的事，所以大家都循旧例，鱼贯而往；偏偏有一个人不肯去，弄得别人不舒服，他也不管，这便是敢为激发之行了。这类人，按古代的说法，或是至情至性之人，或是大诈大伪之徒。王莽呢？哪样也不是。他的孝悌和廉俭，和家族的风气太不一致，似乎巧伪，但在他而言，既非发乎性情，也不是从小立志骗人，只是读经走火入魔，真想以身为天下率。

虽然出身权势之家，但在政治活动之外，此人仍是儒生本色。他当皇帝，一半是迷醉权力，一半还是因为攒了一肚子稀奇古怪的抱负，施展不开，看着刘家的政治不耐烦，忍不住赤膊上阵，先是想当周公，后来就要当尧舜了。不只他自己想干，当时的儒生，把理想放在他身上，推着他往火坑里走，算得上众望所归。

汉武帝与儒生立约，共享天下，但儒生不是铁板一块，有得意的，有失意的，有持此论的，有持彼论的。汉昭帝的时候，有一个叫睦弘的儒生，是董仲舒的再传弟子，上书称汉运将终，劝皇帝求索贤人，禅以帝位，以顺天命。又有一个名儒盖宽饶，在给汉宣帝的封事中议及"五帝官天下，三王家天下"，被定为意指禅代，和睦弘一样，下吏而死。

官天下就是把帝位传给贤人，家天下就是传给儿子。五帝在三王之前，按越古越好的理论，自然优越于夏商周，而为儒家的理想社会。这种禅代理论，后世是不大有人提的，而在西汉，还是儒学中的普遍观念。王莽当皇帝，在西汉儒生看来，也算不上怎么大逆不道。

王莽初掌大权，给儒生大做好事，广修学校，增加儒生做官的机会，还在长安"为学者筑舍万区"。很快天下的儒生骚动起来，以为于私则高官立至，于公则大同可期。几次征召之下，各地的学者成千成千地奔赴长安，还有更多自费前来的，共襄盛举，唯恐人后。尤其弹冠相庆的，是古文学派的儒生。西汉后期今文学派得势，古文学派在野；王莽兼学今古，但后来遵奉古文经学。古文学者果然给他贡献了许多方略，大者如按《周礼》对社会大动干戈，小者如修明堂，也按《考工记》的说法，修成四室五向。

王莽筑明堂、辟雍，本是工匠役夫的事，偏有太学生参加义务劳动。他平毁傅丁二后的陵墓，又有许多读书人亲执畚锸。两件大工程，都是二十天便成。王莽拒受新野县封田，全国有四五十万人上书请愿，要加封王莽，宫门前连着好几天都有众人聚集，有点像静坐示威，直到王莽得到九锡之赏。这些事情，固然有出于王莽的布置，但与后世如魏忠贤事等大不一样，舆论确实站在王莽一边，而舆论从来是由士人控制的。

当时的名儒，多和王莽交好，著名的有刘歆、扬雄、桓谭，还有平晏、马宫、唐林、薛方等辈。他能当上皇帝，内靠家族势力，外靠的便是儒士。当皇帝后，他一板一眼，按照儒家思想，托古改制。他的改革，在今天看来，大多荒唐，但没一样是他的发明，而都来自经书。有些举措（如改官名，地名，人名，甚至匈奴名），只是让人笑话，有些如公田口井（土地国有），五均六管（工商国营），望似不那么可笑，恰弄得天下沸腾。而做这一切，本来是要直奔大同的，那是儒家社会理想的旨归。

新莽末，起来造反的，是农民、商人、吏员和刘氏宗族，儒生只是在大势已去后才投奔新主。东汉以下，王莽的名声可就一天不如一天了。王莽篡汉和改制，对儒家是尴尬事。大家痛骂新莽，而对理想的破产，缄口不提。此后的儒学，转为以价值观为核心、以个人理想为补充的看守主义，不再有什么社会理想，故得以从这次破产中存活下来，当然，从此也脱却了激进的色彩，不再有什么高调可唱。王莽没有背叛儒学，不知可不可以说儒学背叛了王莽？把他一个人扔在道上，独领千年骂名，自是丢卒保车之意。

王莽确实不是个好领袖，他固然很有政治手腕，但在别的方面，又顽固又迷信，能愚蠢时绝不做一点聪明事。此人唯一的好处是敢于任事，又很有探索精神，比如他试验人力飞行，又主持解剖人体。尽管是解剖别人，让别人去摔死，仍不失为有些好奇之心。至于胡适说他是中国第一个"社会主义者"，自是有所误解，以童子言为智者语了。

# 张俭：使汝为善我为恶

怎样对付坏人？每个孩子从小受教；游戏或动物故事，无不掺入技能训练。可惜故事多是道德家编的；政治家有另外的版本，但不会讲给孩子听。孩子们不知道：好人和坏人在道德上是共同体，彼此需要，相互寄生；也不会知道，好人通常是希望坏人变得更坏的。最好是坏到透顶，无以复加。如果这些坏人一时未臻极境，那就推他们一把。

陀思妥耶夫斯基在小说《被欺凌与被侮辱的》中写过一个叫涅莉的小姑娘。道德意义中的自虐何以能带来精神快感，没有比这个形象展现得更充分的了。假如天堂的意义在于它和地狱的间距，毫无疑问，当沉沦者沉得更深，升华者也就升得更高。

东汉张俭，发动中国历史中士人集团对宦官集团第一役的人物，是个好人。他的对手，侯览之类的宦官，则是些非常糟糕的人。——宦官这批特殊人物，是最易腐者。给他们多大的权力，他们就可做出多大的坏事，从而变成多坏的人。历史上士人和宦官的大规模斗争，只发生过几次，但无不进行得惊心动魄，使读者也激情澎湃，忘了它们本来无关大局，虽获得了道义的高潮，在政治上却只是闹剧。

当时宦官胡闹得过分——如果知道什么是"分"，那也不是宦官了。张俭的手段也了不得：他上书请诛侯览，未得批准，便自己动手，杀了侯览的母亲。第二年，侯览回家治母丧，张俭再奏侯览奢侈逾制及掠虐乡里的罪状，又未得皇帝的准可，他也又一次自主行事，抄没了侯览的家。加上挖曹节（另一个大宦官）家墓等事，终于激出宦官的反扑，乃有著名的党锢之祸。宦官、外戚、士人，这三大集团缠斗经年，直到东汉之亡。

党锢之祸，生出一批道德典范，李膺、范滂等，以其勇气和正直，激励过历史中许多伟大人物。此役虽在社会生活中是大破坏，在道义上却是一场完全的胜利；用良心或肾上腺与坏人做殊死斗，从此成为一个模型，德昭千古。至于如何将权力斗争转化为道德战争，不用很久也要成为拿手好戏，连续上演。

中国古代其实是政教分离的。政治上一切权力归皇家，礼教则由士人司掌。在伦理方面，皇帝不过是挂牌执事，连孔子也只是名分上的通天教主。比如说，就很少有人记得孔子说过的一句话："人而不仁，疾之已甚，乱也。"——对坏人厌恨过分，必将激之为乱。

没办法，谁让人家是坏人呢！古代王朝更替，后任喜欢把前任形容为十恶不赦、坏得不可思议的坏人，如周之诋商纣，如唐之毁隋炀。行动的正当性，经常需要通过对手的不正当性来实现，如果那一边还没恶贯满盈，那就得让他满盈。

给党人立传的范晔批评张俭"以区区一掌而欲独堙江河"为不自量，恐未道尽人家的心事。这种斗争，不一定需要实际的胜利，在某种意义上，失败更值得追求。失败是烈士之母；成功倒抹淡了悲剧的颜色，本来，它是可以像血一样鲜艳的。古代士人的精神自虐未必限于道德一个方面，只是因为胸中规模有限，不能及远，便反复搬出老剧，演得光芒四射。道德确实是激情的发动机，不仅台下的人难免看三国掉眼泪，台上的人也如此投入，自己把自己感动得再三欷歔。戏是好戏，只可惜正事也跟着耽误了。

在党锢事中，张俭没能成为一号角色，因为他没像范滂那样慷慨投狱。张俭出逃，人们争着收容他，引以为荣。小英雄孔融少年成名，便是因为他在十六岁上便敢于收留逃亡的张俭，名震远近。但当时钩捕严密，他所过之处，往往家破人亡，所以后人觉得他不如范滂，以一身牵累许多的人。但在今天看来，张俭的出逃，也未违人之常情，无可厚非。至于他为什么不做范滂，古人心事，后人可以揣测，但毕竟是不可必的事。张俭晚年杜门不出，谁又知道他在想些什么？而范滂给儿子的遗言，最可回味："吾欲使汝为恶，则恶不可为；使汝为善，则我不为恶。"在一个时代中，如果善恶必须表现得这么极端，中庸竟然也是不错的选择了。

# 《大学》的故事

　　现代人的印象，往往以为古代的读书人，学问都大得很，能背诵许多书，会写毛笔字，会吟诗填曲。我见过不止一本或中人或西人的著作，称颂中国古代的政体，是"知识分子"掌权的精英政治，全球独一无二，足可垂范后世云。不说这里面的思路，单说事实，就有些出入。古代的读书人，看书一项，就平均水平而言，实在不多于今天的中学生。以明清为例，除了那几个通儒（他们中间许多人未曾"发"过），两榜出身的文官儿，胸中的货色，不过是若干高头讲章、几十部闱墨，略相当于今天的高考复习资料、作文范例一类。念两首杜诗，背几篇韩文，人便要说他有才情；将"紫阳纲目"读个七成熟，便可以通人自命。至于经书，毛诗确要背一点的，《周易》虽然十句里有九句半不懂，也胡乱念完（《系辞》要背过），《礼记》《左传》太厚了，至多看看选本，《书经》呢，进士出身的邹汝鲁向雍正承认"不曾读过《尚书》"，没有人大惊小怪，自邹以下，更不足论。这些还是"寒窗"之下念的，一旦做了官（翰林除外），便如《儒林外史》里讲的，满耳里只有"板子声，戥子声，签子声"了；至于让我们赞叹的诗文，其实是幕僚代笔的。

只有一种书，因为要从里面出考题，所有念过书的人都是极熟的，那便是朱熹注的"四书"。今天要说的《大学》，便是其中的一种。

朱熹在后代的地位，曾经是孔孟之下，一人而已。但他一生中有两件事最为人诟病，一是迫害唐仲友，打严小姐的板子；二便是补改《大学》。《大学》本是《礼记》中的两篇，本未受人重视；直到唐代的韩李，才略微提起它们来。至宋渐渐为人所重。颜元说过："两程出而前圣之道始乱矣。"他之所以要说这个狠话，便是因为修改《大学》，二程始作其俑。在二程眼里，《礼记》杂出于汉代诸儒所传，往往谬乱无章，或仅记一些应对进退之类，其中完全合圣人之旨，又得道德性命之要者，首推《大学》《中庸》两篇。尤其是《大学》，是初学入德之门，可惜这扇门年久失修，哥儿俩以肩荷道统自任，自然要"斧正"一番。他们的改本从未流行，只保存在《二程全书》的角落里，成为一种史料，这里也不多说它。而朱熹的改本，几百年里深入人心，后世学子，只知朱子的《大学》，何尝知道别的呢？

朱熹的改本，受二程的鼓励，移易顺序，还将《大学》分出经传两部分，经一章，即他概括的三纲领（明明德、新民、止于至善）、八条目（致知、格物、诚意、正心、修身、齐家、治国、平天下），传十章。朱熹说经是孔子之意，曾子记之，传是曾子之言，门人述之。这些话无凭无据，已经够让人摇头的了，而下手最狠的，也是最为后人谤议的，是他居然又自己作了一百三十四个字，算作"补传"，堂而皇之地加了进去。

朱熹改过的《大学》条理顺畅，意味充足，看上去确像是有心的圣人为后人立法，把道理讲得井井有条。——只是这道理是朱熹的道理。但朱熹不这么认为，即使补传，他也认为（至少口称）是古人的意思。他说曾反复考之，有以信其必然，这才窃取二程子之意以作补传，"不然，则又安敢犯不韪之意，为无证之言，以自托于圣经贤传之间乎？"。

朱学大行以后，世上便就有这一种《大学》了。在坊间，《大学》是单行的；《礼记》列在五经，但坊间的注本，于《大学》《中庸》两篇，常常只有存目，标一句"朱子章句"，假如不是出了王阳明，若干年后，郑玄注本的《大学》或竟成了佚书，也未可知呢。

王阳明年轻时，和那时大多数读书人一样，是朱子的信徒。二十一岁时，他听了朱熹一草一木皆涵至理的话，便与友人去"格"竹子，友人坚持了三天，王阳明精力过人，格了七天才病倒，叹道，做圣贤原这么难啊。此事他耿耿于怀，遂对朱学生疑。直到三十七岁时，被谪在贵州龙场驿，某夜睡梦中大悟，像欧几里得一样跳起来，大叫我知道了。他发现人人胸中有圣人，不必向外用功，而朱子强分心物，不是圣人的本意。——格物致知说虽不是朱王之异的中心，却是分歧的开始，而龙场大悟，也是王阳明自立门户的大事件。对他而言有一个障碍，当时士子人人诵读的朱本《大学》，在"诚意"章前有朱熹的补传，而依王的理解，诚意当在格物之先。这样，王守仁只好祭出古本《大学》来与之相抗了。在王阳明的时代，朱学已成正统，与之对抗需要一番勇气，故后来王辑《朱子晚年定论》，说朱熹晚年的态度已经改变云，这等于引对手为奥援，实属不得已。

王阳明以后，朱熹的改本，仍然是官方的权威，但在一些学者的眼里，地位已经动摇。这中间又出了若干种改本或"古本"，只有几千字的《大学》，被改来改去，也只在中国，能出这样的怪事。这中间出过一种"石经本"，曾让许多有学问的人上当，其实是一个叫丰坊的人伪造的。丰坊是明代弘治嘉靖时的人，字写得很好，但脾气却是非常怪，出过许多匪夷所思的笑话，先不去讲它，只说他伪造经书，到清朝还有许多大儒相信；他骂朱子的话也很难听，如说他穷得没饭吃，卖书糊口，故造新说，容易畅销云云，都是信口雌黄。

说到骂朱子，还得再说一位人物，毛奇龄。他是清初头一怪，辩才极高，却不能持论，喜欢的是和别人打笔仗，最是善骂。时人虽然恶他品行杂滥，恨他言语刻薄，却少有敢正面撄其锋的。毛奇龄是位开风气之先的人物，有清一代，经学"汉化"，他最有功。但他心中最大的事业，却是与朱熹为难，其中的缘由，这里也暂不管它。他的《四书賸言》，便是攻朱的专著，其中不少条确实说中朱子的错误，让祖朱者虽然不舒服，也无话可说；然而有趣的是他的叙言，越写火气越大，言词渐厉，说朱熹"诟厉圣人""无理谬言""侮圣无忌讳""实无理，实不读书……实不能论世"等等，五百年来，骂朱者以毛为甚。无怪乎全祖望说他最切齿的是宋人，宋人中最切齿的是朱熹，狂号怒骂，唯恐不竭其力，如市井无赖的叫嚣。毛奇龄还有一部《四书改错》，开印不到百部，听说朝廷将朱子升祀孔庙（此事在康熙五十一年），赶紧毁版。——这也很像他一贯的为人。但《四书改错》并未亡佚，颇有流传，只是今天也难见，我曾想看看里面的话，但在这里却找不到这书。

毛奇龄还作过一本《大学证文》，开列古本《大学》

以下，二程、朱子、伪石经、王柏、蔡虚斋（清）、季彭山（本）、高攀龙、葛寅亮诸人改本，其中蔡清（王阳明同时人）宗陆学，季本是王阳明的学生，高攀龙基本上宗朱，葛寅亮则是万历间的陋儒。而其所不录的还有董槐、崔铣等。"何事纷纷改大学"，真是中国思想史上一大怪事。

汉以后学者的思想，除了佛学的冲击引起一些调整外，都是出入先秦诸子，尤其是孔门诸子，使用他们的概念系统来进行的，鲜有例外；所关心的问题，亦大抵不出其矩。比如宋儒的性命之学，其中讲理气心物，尚可一看，而讲修齐治平之类，则只如鲁迅所说，是唠叨的碎话。一样的问题，如善恶之辨，我们看孟荀的议论，兴味盎然，然看后来经生们的反复辩难，则大生厌恶之意。一部中国思想史，往往只是原地翻跟斗而已。我们看到一些出色的头脑，却没有自己的语言，只好在螺蛳壳里做道场，不得不依傍经文，费尽心机，也建立不起独立的哲学。还以《大学》为例。格物的"格"字，朱熹解为"至"。他的思想产生出这一释义，还是由训诂启发了思想？王阳明释格为"正"，他的一大套理论全由"正物"而来。"亲民"的"亲"字，二程改为"新"字，与"日日新"相配，朱熹大加赞赏。王阳明恢复为"亲"字，从此争论不休，几百年，这又算是什么事呢？

你说我诬贤，我骂你背圣，其实都是可怜虫，可叹祖师爷躺在地下，看到这番景象，不知是惭愧没开个好头呢，还是痛骂子孙没出息呢，——反正嘴里塞满泥土，作不出声来。

# 王柏：栽培不待风声落

宋末有个叫黎立武的学者，谈到自己的阅读史，说他小时候读《箕子之歌》，很是被箕子的忠心感动；长大一些后，读《诗经》里的《狡童》，"淫心出焉"，出门看见邻家大嫂，就想勾勾搭搭，归而自省，原来是"彼狡童兮，不与我言兮"这样的诗句在作怪。

与宋儒讲道理是很难的。像这位黎立武，就很难让他明白，当他童年，便读遍"淫诗"，当毫无异感；长到青年，便不读《狡童》，种种奇怪的心思，也要应时而起，荷尔蒙出而心眼不老实，却与《诗经》无涉也。

孔子在《论语》中留下名言，诗三百，一言以蔽之，为"无邪"。《诗经》里有许多情诗，孔子以为无邪，应该是他老人家心宽意广，不以人情之常，为祸乱之始。正如今人（当代道学家除外）读《诗经》，若还能看出"邪"来，只好说是胸中不正而眸子眊焉，触目无所不邪。

汉儒不这么想。汉儒是相信孔子删诗的，但《诗经》中明明有许多情诗，又与孔子"放郑声"的意见抵牾，怎么自圆其说呢？曰曲解。后来传世的古文学派的毛诗，有所谓《诗序》，讲解诗旨。《诗序》不承认毛诗里有情诗，认为那些都是讽刺诗、寓言诗，如《狡童》，便是批评郑昭公姬忽的。

到了宋代，儒者纷纷而起，反击《诗序》。不要以为宋儒进步了，要思想解放，恰相反，他们是嫌汉儒杂而不醇，要思想整顿。《诗经》里有情诗，遮掩不住，与其解释为刺诗，不如直接斥为淫诗，把它们揪出来，免得招摇撞骗，为害人心。

如很有名的《静女》，头四句是："静女其姝，俟我于城隅。爱而不见，搔首踟蹰。"《诗序》说这是批评时政的诗，至朱熹，便简捷地说"淫奔之诗也"。若从对诗的理解看，朱熹是对的，若从用心看，则宋儒险恶。

后来就出了一位王柏。王柏是十三世纪人，朱熹的三传弟子，有名的道学家。许多人恭维王柏的"大胆怀疑精神"，比如对《诗经》，宋儒只是怀疑《诗序》，他则连经文也怀疑。

他说，孔子那么思想纯洁的人，删过的诗怎么会是这个样子呢？准是汉朝人因为传世的诗篇不足三百之数，妄取曾为孔子删去而流传于里巷的诗，混入经中，以至美恶相杂。他拍胸脯保证，那些淫诗，圣人见到是一定要删削的，既然今本《诗经》里有淫诗，就一定不是圣人手订之本。

证据呢？没有。意识形态的狂热者，不需要什么证据。这些人坚信教义的地位高于世俗的证言，观点的产生，与逻辑或事实俱无关系，要在心意二字。读王柏的《诗疑》，当注意他口气的决断，动不动就"断断不可易"，之所以敢于疑诗，恰是因为绝不疑道。

王柏看着如此不纯洁的《诗经》日日诵于人口，气得茶不思饭不想。有个老笑话，说老汉嫁女，晚上在院里乱转，老婆问他怎么回事，他怒道："小畜生正在那里放肆哩。"人情之常，每为道学家恨恨不能已，或同此理。

他夜不能寐，揎袖奋笔，一口气列出三十多首诗，断定其为当删之篇。篇目众多，不能俱列，且这么说：今天出什么《诗经精选》之类，如要省事，便取王柏欲删的诗，勒成一册，也就是了。

删诗之外，还把《小雅》里一些有怨声的诗降格为风诗，此外变更篇次，改拟诗题，果然是雅颂各得其所。但他知道，自己不是孔子，"王诗"多半不会令世人点头，便情意殷殷地说，希望以后有掌权的大人君子，以政令禁行未删之诗，规正世道人心。

《诗经》毕竟是《诗经》，以一王柏之力，摇动不得，所以王柏删诗，后儒摇头，我们今天读到的《诗经》，也仍是原貌，未曾被五讲四美。但类似的事情，许多便被实行了。道学的不好，不在其修齐，而在其治平。你自己如何琢磨，好则自得其乐，坏则断了牙齿肚里吞，不涉外人；但道学内涵的教义是要整顿别人的头脑，则非我所敢闻也。

有清人说李斯焚书，荀子启之，王柏删诗，朱子启之，说得很对。从曲解到删削，只是阶段不同；在野之论，自然温如亲吻，至于唇间的利齿，得等有了权力，才会露出。

# 何心隐：此心跃跃何尝隐

何心隐原名梁汝元，出身是江西永丰县的土财主。他生于明正德十二年，那时江西是全国最乱的地方，先有大规模的流民叛乱，后有宁王在南昌造反。何心隐早年也是亦步亦趋地念书、考试，三十岁时听到了泰州学派开山人王艮的学说，喜不自胜，便抛弃举业，以王艮的再传弟子颜山农为师，从此混进理学家的队伍。

泰州学派虽然依傍王门，实属异端，它的特点之一是简捷，重悟轻学，哪怕你目不识丁，天眼一开就成圣贤。这一点不只有学理上的意义。如果说正宗的王学尚是精英主义，泰州之学就是民粹主义。王艮走的是群众路线，向市井愚蒙传道，有点蛊惑的味道。

何心隐更是颇有些纵横家气，喜欢阴谋，喜欢谈兵，喜欢夸耀自己的智计。他曾参与颠覆严嵩，后来还想颠覆张居正，被张居正先下手为强，把他害死了。他与这两位权相的关系，传说或有夸张，他自己大概也吹了些牛，但从他的性格看，即使他知道那些传说与事实颇相出入，他也不会去纠正的。

他有名的一个举动，是把合族的人召集起来，成立一个"聚和堂"，有点像人民公社的集体生活，财产互通有无，白天一起吃大锅饭，晚上都住祠堂里，小孩子都入一个学堂，老人由合族奉养，婚丧之事也集体操办。

近人说他的聚和堂是乌托邦，寄予了他的社会理想。但恐怕未尽如此。

聚和堂只持续了几年；但何心隐一直念念不忘于立"会"。在传统中"三纲"是人伦之大，何心隐易之以"师友"，所谓交尽于友，道至于师。换句话说，师友的关系是第一位的，别的都在其次，他心目中的"会"，就是师友结构，平时是师友，到了特殊时刻就是君臣。讲学立会在当时很流行，后来，他的同门罗汝芳召集江西全境的"合省大会"，会址就在何心隐的家乡永丰。而张居正之禁讲学，也不止有控制舆论的目的。

何心隐因聚合堂的税务问题与官府对抗，被判充军，朋友程学颜为他走了后门，得以宽释。此后他周游天下，大约在四十五岁的时候，到福建兴化拜访了林兆恩。

明代中后期，社会中各种秘密和半秘密的团体多如牛毛，特别是民间宗教，纷纷竞起，举其大者，古老的白莲教除外，正德年间创立的罗教，嘉靖年间的黄天教，万历年间的红阳教，比何心隐小二十多岁的王森创立的闻香教，各自广聚门徒，流传数省。

何心隐拜访的林兆恩后来也是一位教主。林兆恩与何心隐同岁，有些方面很像（林兆恩有一个道号叫"心隐子"，不知是不是巧合）。他也是在三十岁之前读书应举，三十岁弃去举业，专事创教、结社，六十岁后从学术领袖变成教主。他创的教叫"三一教"，合儒释道而一。由学者建立的、以读书人为中坚的民间宗教，那时只有这一个。

何心隐在林宅住了一个多月。他们讨论的详情，可知的无关痛痒，不得而知的就很难说了。最终他们并未合拍。他们的性格不一样，与何心隐相比，林兆恩平和一些，也深沉一些。

何心隐六十二岁时，湖广巡抚承张居正的意思，把他罗入"妖人曾光"案，在武昌杖杀。当时的人也多认为这是诬陷，不过，诬以此罪而非他罪，或许是因为何心隐平素的行径。何心隐从南安押解到武昌时，沿途相送之人络绎三千里，到了武昌，有几万人为他鸣冤。他的"群众基础"，可见一斑了。

泰州派的人往往而有侠风，颜钧、何心隐、罗汝芳、钱怀苏、程学颜和其弟学博，莫不如此。黄宗羲《明儒学案》评："泰州之后，其人多能，赤手以搏龙蛇，传至颜山农、何心隐一派，遂非名教之所能羁络矣。"泰州以学术立派，就学术而言，心性也好，理气也好，绕来绕去，都是狗咬尾巴尖的活计，但这派中一些人的心思，有非学术二字所能概括者。明人形容当时局面，为"有黄巾、五斗之忧"，虽危言耸听，而离题不远。只是细看这批人的思想，终究还在局中，便有所为，也未必真高于黄巾、五斗之流。

# 刘宗周：一朝了我平生事

一六三五年，或崇祯八年，皇帝在文华殿开会，亲试阁臣。明朝没有宰相，由各部院大臣会推出几名内阁大学士，总成其政。刘宗周是候选人之一。他此时的名气已经非常大，正是众望所归，皇帝对他的兴趣也很浓。

召对中，崇祯问兵事如何。刘宗周对以内政既修，远人自服，并举舜时有苗叛乱，中央政府自修文礼，跳一跳舞，苗人就归化了为例。

这道理也不能算错，但这时明朝离灭亡不到十年。内乱外寇交相侵逼，天下沸腾，国事已近不可问之地步。在烽火连天之际，刘宗周的话在许多人听来，实在是答非所问。他下去后，崇祯皱眉对首辅温体仁说：迂哉，宗周之言也，打仗的时候说什么跳舞呀。这样他就没选上，只去做工部左侍郎。

刘宗周是晚明出色的哲学家。他的品格十分高尚，既勇敢又坚毅，忧国如家，风节凛然。明代后期，价值观混乱，举世昏迷，不知所从。他和另一位哲学家黄道周，力反王学末流，重张以理制欲的大帜，被认为是社会的良心，所谓斯文不坠，赖其二人。

这次没有入阁，刘宗周并不是很在意。明代后期，士人与皇帝的合作出了问题，互不信任。崇祯之初，大家对这位年轻皇帝寄望很高，指望他能把以前皇帝欠大家的账还清，好重新合作。刘宗周是很坚决地持此立场的。他曾指责崇祯背叛了与众人的默契，说："今日之祸，己巳以来酿成之也。"己巳是崇祯二年，那一年满洲兵入关，直抵京城之下，袁崇焕被逮，次年被杀。在这些事件中，崇祯与清议激烈冲突，从此不和。刘宗周是那种永远不会先眨眼的人，如果皇帝没有个好态度，这阁臣不当也罢。

崇祯九年，刘宗周痛切时艰，上疏批评皇帝没有尧舜之心。他说是皇帝当初重用内臣，得罪多士，"一念之矫枉，而积渐之势，酿为厉阶"。今日之务，首先需要皇帝向天下做检讨，然后弃法用道，清理内政，招抚流亡。至于兵事，则"陈师险隘，坚壁清野，听其穷而自解来归"。也就是说，只要你怀尧舜之心，行尧舜之政，那些内贼外寇，自然会解甲归心，不费一刀一剑，天下可平。

他的哲学重视诚意，主张由内及外。对他来说，世上的事务，并无分别，其道理都由心性理气生发而出，推论而来。在今天的人看来，这未免将形而上与形而下混为一谈，将道德与政治混为一谈，把精神自由与权力自由混为一谈，但它正是传统的态度，一种无神的神学。哪怕是洪水滔天，也不能影响刘宗周的哲学信心。

崇祯看了他的封事，怒火中烧。大骂刘宗周迂阔，斥以"如流寇静听其穷，中原岂堪盘踞？烽火照于甘泉，虚文何以撑住"。崇祯的愤怒不在于刘宗周的迂阔，那是他早就清楚的，而在于刘宗周指出他应该为今天的局面负责，这是他最痛恨的话。

传统哲学不看重专门的技艺，总是觉得一法通则百法无碍。刘宗周便认为除"为善去恶"之外，并无学问。古代中国实际是由士大夫来治理的，士大夫的知识构成，决定着这个国家的方向。在崇祯一方，向刘宗周询问兵事，本来就是问错了人。在刘宗周一方，则也不认为自己没有义务或能力回答此类问题。

崇祯十五年，类似的事重演了一次。有御史推荐西洋人汤若望善火器，请上召对。时任左都御史的刘宗周谏止曰："用兵之道，太上汤武之仁义，其次桓文之节制，下此非所论矣。……不恃人而恃器，国威所以日顿也。汤若望倡邪说以乱大道，已不容于尧舜之世，今又作为奇巧以惑君心，其罪益无可逭，乞皇上放还本国，永绝异教。"

崇祯说，火器还是要用的，当然你讲的大道理也是对的。刘宗周又说："火器终无益于成败之数。"皇帝说，那你说怎么办？刘宗周说，十五年来，你事情做得不对，至有今日之败局，你应该做的是推原祸始，改弦更辙，而不是拿火器这样的苟且办法来补漏。皇帝这时脸色就有些不对，说，往事不可追，现在的事如何办？刘宗周对以"用好人"，文官不怕死，武官不爱钱，天下自然太平。

这场对话的结果不问可知。明亡后，刘宗周绝食而死。他的死，不是殉明，而是殉道。

# 杨光先：最是为难谈天衍

在清代，杨光先的名头不小，甚至有人说他是"本朝第一有胆有识人"。这是一个天生的斗士，与人谈论，无论什么话题，无论对方是谁，总是高声怒目，如斗似争。到了七十多岁，仍是姜桂之性，认识他的人，只好感叹"人之好斗至老不衰有如此者"。

杨光先原是安徽歙县的平民。反对他的人，说他在家乡屡兴是非，以告讦为业。但这一说法并无有力的证据。我们所知道的他的事迹，都是在他走出乡里，为天下出头之后。他第一状告的是崇祯时的兵科给事中陈启新，此人异途躐进，又有罢科举的主张，很为士林不齿。杨光先听说陈启新非议宋真宗的《劝学诗》，以此为由头，指责他废灭前圣之学，"如此作孽，真不容于天地之间矣"。但所说的事情毕竟捕风捉影，论述得又近乎不知所云，终为通政司拒收。

第二次告的是首辅温体仁。那时温体仁已被天下人目为奸相，和陈启新一样，也是舆论公敌，弹章如雨。

杨光先"舁櫬上书"，即抬着棺材，以示必死之意。这是经典的手段，果然轰动天下。他被廷杖后谪戍辽西，有些名气了。

后来杨光先回忆这两件事，说陈启新自投黄河而死，"举世皆笑启新之愚，而称臣言之是"。又说崇祯帝后来怀念自己，"悬大将军印以待之"。其实陈启新隐姓埋名，一直活到清朝，而大将军云云，是绝无可能的事。看来他喜欢吹一点牛，不过这种小的弱点，不能说明他做什么都出于名利心。他后来的力辟西学，确乎是在为天下忧。

第三次告状发生在清朝。这次他斗争的对象是时任钦天监监正的德国传教士汤若望，以及他所代表的洋教，罪名有几种，较可征实且为后来的谳词采纳的，是历法方面的事。

元明的历法渊源于回历，年久失修，误差很大。清初，多尔衮重用汤若望，改用西洋的推算方法。杨光先指摘新历诸般不是，另附两项罪名，一个是所颁《时宪历》封面上有"依西洋新法"五字，属"暗窃正朔之权，以尊西洋"；另一个是顺治与董鄂妃的相继去世，是汤若望为荣亲王（董鄂妃的儿子）选择的葬期与其本命相克所致。

正赶上辅臣鳌拜和苏克萨哈有意变政，遂成大狱，五名钦天监官员被处死，汤若望等去职，胜利的杨光先出任钦天监监正。

但杨光先的运气实在不好。因为历法是要通过实测来验证的，不像价值观之争，说来说去，全在口舌之间，人心之内。杨光先的许多观念，不但在有清一代实为主流，便到今天也为很多人奉行，能如此者，就是因为意识形态可以不受实际事务的干扰，自有生存之方。而历法就是另一回事了。

杨光先并不真懂历法，他任用的旧人，也只知沿袭旧术，所以他们编出的历法，错谬百出，一年里致有两次春分，两次秋分，他们对天文事件的推测，也全部失败。杨光先的主张，本来是"宁使中夏无好历法，不可使中夏有西洋人"，但历法毕竟是国家大事，错乱不得，几年后颇有求实之风的康熙亲政，命将几种历法取来，与实情参验。这一来便露了底。翻案后，杨光先被定以诬告之罪，免死放归，病死在半路上。

清朝自康熙年间起，由起初的开放转为保守，这一过程与满人的汉化过程同步。士风也有类似的转变，所以杨光先在同时代人（如陆陇其、李光地等名儒）那里获得的同情较少，在后来的名誉反佳。而他的道死，也被说成是为洋人买凶毒死，虽然是谣言，但合乎人们的信念，想不流行也难。

杨光先虽然落罪，他所代表的思想却是胜利一方。有资实用、可以参验的方面用西学，与价值观相涉、无法参验的方面用中学，这一直是我们的技巧。当然，与精神相关的事务，也有无以自济其乏的，则可学韩愈的法子。韩愈力辟佛学，却偷偷地拿禅学的理义，改头换面，用在自己的《原道》中，这种技法，即陈寅恪曾指出的"避其名而居其实，取其珠而还其椟"。——只是何者为实，何者为珠，未必尽如人们原先所想呢。

# 岳钟琪：重围不解还家梦

满人是女真的后裔，康熙自然无法喜欢岳飞。岳飞在民间的地位难以动摇，康熙不便明贬，只能阴损。他作过一篇文章议论高宗和议，说就算宋高宗信任岳飞，言听计从，难道就一定能战胜金兵，救还二帝吗？——"朕实不信也。"

岳家与金人是世仇，按《春秋》之义，九世之仇，甚至百世之仇，也是可以报复的。从情理上说，后代不能总惦记着祖宗的事，大家各过各的，才是办法。不过愚人不这么想。雍正年间，湖南人曾静听说有一位岳将军，上本说皇帝的种种不是，又听说这个岳将军是岳武穆的后代，由此发生幻想飞跃，于雍正六年，投书岳钟琪，劝他造反。

这种幻想不是曾静一个人的。人处穷途末路，容易看见海市蜃楼。清初，遗老们以为民心可用，又看到满人种种虐政，便以为海内沸腾，不过是几年间的事。后来又把期限后挪几十年，年轻些的遗民，仍以为可以活到出头之日到，临死还不明白，这么一种暴政，怎么可以维持这么长时间。到了雍乾时候，心眷旧国的人，普天下也没几个了，而因为其少，因为其绝望，幻想更加活跃，捕风捉影，是其能事。所有的天灾，都像是异变之兆，每一件人祸，想必能集因为果，多么无稽的传闻，也成幻想的材料，幻想又是精神的饭食；连对百姓的态度也变了，从哀其不幸，到乐其不幸，当然，说将起来，其辞还是要若有憾焉。

据说岳钟琪是岳霖一支的后代，祖籍自然是汤阴。在明代，岳钟琪的高祖到临洮做官，全家迁至甘肃。他的父亲岳升龙在三藩之役中有军功，一步步做到四川提督，岳钟琪后来也随父入了川籍。

曾静派弟子张熙投书时，岳钟琪正做着川陕总督，和岳飞的关系，既是荣耀，也是麻烦。头一年，就有个叫卢宗汉的家伙，得了失心疯，在成都街头高呼"岳公爷带领川陕兵马欲行造反"。类似的谣言，时起时落，不从此始，不至此终，岳钟琪身处嫌疑之地，更加小心谨慎，张熙找上他的门，算是找倒霉。

雍正用人的特点是不疑不用，不用不疑。岳钟琪熟谙边事，继年羹尧后出镇川陕，很多事情都得仰仗他，雍正不得不用，故示以不疑。卢宗汉事后，雍正在另一道"圣谕"里说，人向我告岳钟琪的状，状纸不止一箱，甚至有说他是岳飞之后，欲修宋金之报复，这些话我是一点也不相信的。——雍正一面表达对岳钟琪的完全信任，一面敲边鼓，意谓你给我小心点。

然后岳钟琪上折子诉苦，说自打任川陕总督以来，谗毁日生，有说我骄奢淫逸的，有说我居心险诈的，还哄传我已遭皇帝谴责，儿子也给抓了起来，实在是受不了，请求皇帝将我现职解去，另委闲差。雍正密密朱批，先是说这些传言我真的没听说过，后来又自相矛盾地在"众心猜忌，日甚一日"字边批曰"自此息矣"，最后写了长长一大段，承认"川陕二省实有许多乱言至朕之耳"，但我是不会听信的，如此这般，把岳钟琪安慰一番，让他在边疆安心工作，至于"君臣欢聚，有日尚早"。两边的话都说得漂亮，但以雍正的性格，恐怕会以为岳钟琪有要挟之意。几年后雍正把岳钟琪下了狱，差点杀掉，或种根于此。

岳钟琪传世的诗文不算少。但在这些诗文中，找不到一点痕迹，能说明他心中有什么矛盾，如在政治前途与家族名誉之间，在忠孝之间，在名实之间。很难想象他没思考过这些问题，而了无痕迹，或许就是他权衡的结果。雍正死时他正给关在狱中，写了一首题为《杜鹃》的诗，是他极少见的有怨气的诗，别的时候，都是四平八稳，听说自己给判了死刑，还高高兴兴地写道："君恩今已负，臣罪死应当。"

他人心事已难寻，何况古人。古代的价值观，冲突本多，岳钟琪咬住一个"忠"字，可谓化繁为简，提纲挈领。在岳钟琪者，忠字当头问心无愧，至于别人如何，皇帝如何，那是他管不了的事情。当然，并不是说他守定忠字便直道而行，他还是很懂经营的，该拍马时从不手软。他能成为清朝前期最有兵权的汉人，不是平白来的。

# 曾静：眼大心雄知所以

雍正六年的曾静案，是顶奇特的事件。曾静是湖南永兴的一个村夫子，忽然异想天开，派学生张熙投书川陕总督岳钟琪，劝他造反。

曾静一生僻处乡里，去州城应试，见到吕留良评选时文的批语，便惊为圣学，从此佩服到五体投地。他有过一种奇谈怪论，以为皇帝只该"吾学中儒者"来做，而不该让"世路上的英雄"来做。春秋时皇帝该孔子做，战国时皇帝该孟子做，秦以后皇帝该程子、朱子做。明以后的皇帝呢？便该吕留良做了。如今都让豪强占去了，"甚者老奸巨猾，即谚所谓光棍也"。

看这番议论，可知这个人是有些痰气的。皇帝他倒不想做，他想做的是谋主，好比李通之于刘秀，刘文静之于李渊。他大概是那种经常幻想的人，以他的身份，居然去劝总督造反，没点毛病是不行的。

曾静对学生好，两个学生也把老师敬如天人。张熙向岳钟琪介绍曾静深有韬略，能号召六七省的人，只要由他来筹划，不愁大事不济。——若论孤陋寡闻到可笑的程度，这对师徒倒是绝配。曾静的供词里提到他的叔岳，曾夸侄女婿有"济世之德，宰相之量"。乡老儿这类见识，哪里当得了真？但曾静偏把这类话都记在心里，独自一人时玩味不已。

从曾静案中，我们还可以看到舆论的流传路线。有关雍正的种种新闻，可确知的一种，是从过路的犯官那里传到曾静耳中，不知其详的，也当与此相类，和其他政治消息一样，以马匹的速度，从首都向全国扩散。另一个重要的传播途径是读书人，他们经常往来于会城和乡里之间，经常聚会，若到大比之年，这些聚会的规模还很大。

岳钟琪其人，曾静是一点点听说的。先是听本地一个生员说"西边有个岳公，甚爱百姓，得民心"，此时连这位岳公的名字还不知道。后来又听说陕西有个总督，皇帝疑心他，"屡次召他进京，要削夺他的兵权，杀戮他"，这个总督就上本章，说皇帝的种种不是。这已经是没影儿的事了。接下来听一个医生——这个医生是从茶陵的一位风水先生那里听说的——说，这个人的名字原来叫岳钟琪。

至于岳钟琪是岳爷爷后裔的传说，也无疑大有助于曾静的幻想。——这类事，只有这类人才会认真对待。

他自然无从知道雍正很早就欣赏岳钟琪，曾评价为"一百册画也不值一个岳钟琪"，也不知道岳钟琪奉承皇帝极为小心，无微不至。如雍正最喜欢看八字，岳钟琪便经常进呈部下的八字，来凑雍正的趣，雍正也一本正经地推算，某某运好命旺，"将来可至提督之位，但恐寿不能高"云。岳钟琪手握重兵而甚得宠信优渥，不是随随便便而来的。除了"将二爷的妃嫔收了"之类有关雍正的传闻，曾静还听说泰山崩了四十里，还听说孔庙被了火灾。他眼见洞庭水患，灾民怨谘，又听说雍正铸钱不成，勉强铸就也字迹模糊，所谓"雍正钱，穷半年"，谁若身上有个雍正钱，都要扔到沟壑里。种种汇到一起，成了异象。曾静当真以为将有大事发生，唯恐错过机会。

曾静供词，每说自己错解经义，为读书所误。一半是辩解，一半也是实情。他的夷夏观是从书本子上来的，他的幻想是书本子诱发出来的。只是他地方偏僻，家里又穷，能读到的书太少，连四书五经、《朱子语类》之类大路书，都要到外省去买。所以一见吕留良的《题如此江山图》，便如醍醐灌顶一般。不读书倒也罢了，读得太少，来不及从中领会人心曲折，世事消长，恰成呆子。

直到被捕后押解入京，一路经由湖北、河南、直隶，他才出了一次远门，眼之所见，尽是圣世隆景，耳之所闻，莫非圣德仁声，果然"化行俗美，太平有道"，"从前满腹疑团，始得一洗落空"。——总算长了见识了。

至于"世路上的英雄"岳钟琪，用和张熙盟誓的办法来骗出这个乡下青年的真话，虽是秉承雍正的旨意，毕竟是件可耻的事。雍正像教主那样赐予了道德的解释，帮他卸除良心的负担，以及声名之累。即使如此，虽是岳钟琪的一件大功劳，给他作行略的人，还是尽量不提及此案，至多一笔带过。

# 袁了凡：积善坊中相扶行

　　二十世纪以来，袁了凡的名气一天比一天小。那之前，在帝国最偏僻的村庄，如果全村只有两本书，其中一定有一本是他的《了凡四训》（另一本是历书）。他的善名大，不是因为他做过什么了不起的善事，是因为他发起了一场道德运动，把三教的善恶观揉到一起，输给下层社会。

　　袁了凡是浙江嘉善地方的人，生活在十六世纪的明朝。某年，他在北京慈云寺遇到个算命先生，预测他来年可以考中生员，以后可以拔贡做知县，活到五十三岁，寿终正寝，一生无子。本来袁了凡已弃学从医，听了他的话，再次下场，果然便考中。还有些细节，也一一应验如符。他从此相信那就是他的命运，只是一想到无子，未免怏怏。

　　古典的命运观，是孔孟的态度，以为死生有命，富贵在天，道德是自我修养，不指望回报，至于世间诸般好处，则如朱熹所说，如不可求，从吾所好。

另有一种报应哲学，即如《易传》里讲的"积善之家，必有余庆，积不善之家，必有余殃"。直接继承它的是道教，按《抱朴子·内篇》的说法，做了坏事，会被司过之神减寿，大坏事减三百日，小坏事减三日，反过来，行善三百，便可晋升地仙，行善一千二百，可为天仙；只是这三百或一千二百善必须连续，中间如果做了一件坏事，则前面的善款全被没收，重新计数。——幸好如此之难，不然，中国早就遍地神仙，没人做工了。

佛教本有业说，进入中国后，与本地观念融合，积累功德是重要的修行。我们今天熟见的念珠，通常不过一百多粒；而早期曾流行用小豆来计算宣诵佛号的次数，要数出几十石豆子，才算为功。

袁了凡本是儒学中人。后来发生的事，改变了他的观念。他在栖霞山遇到一位云谷和尚，教给他命运可以改变的哲学。他按云谷的法子修行功德，第二年便中举，打破了算命先生的预言。后来又中进士，又生儿子，袁了凡遂彻底改弦，去推广现世现报的新道德体系。

这种体系最大的特点，第一是将行善的好处（以及行恶的坏处）世俗化，不必建立在成仙成佛的指望上。第二点更重要：你在道德银行里的储存，是种活期存款，自己能随时花用，不必非得由子孙或自己的来世享用。

本来以袁了凡的社会地位，不配领导一种运动，但他对道德体系的改造，太合人们的需要，想不成功也难。袁了凡还是功过格的推广者。功过格的正式出现，本是早在十二世纪、十三世纪的事，但只流传在修道之士中间，和普通人关系不大。从袁了凡开始，功过格在全社会通行。

最简单的功过格，是自己做个账本子，分列日月，每日下列功过两行，睡前记账，月底结账。不会写字的，可用现成的历本子，功画圈，过画叉。比如我今天吃了早饭，记小功一，又写了篇文章，记大过一次云。年复一年，功过相减，如果攒下的功很多，就可以满心欢喜地等待好事发生了。

正式出版的功过格要复杂得多，特别是附有多如牛毛的道德戒条，让你知道哪些是功，哪些是过（一个例子是，你不读《太上感应篇》，就不见得知道向北吐口水是过失），以及详细的解释和案例。不同的行为，有不同的功值或过值，比如教人健康术，值功五，如果这种传授是收费的，就只有一功。

我们为什么要做好人，要做好事？——道德动机是全部道德问题的根本。如以今天的观点看，儒家提倡内在的道德冲动，似乎更高明些。但这种原理诉求于自我，且在此岸循环，则只对追求精神圆满的人有效。道释二家虽较儒学立意玄远，对普通人来说，毕竟幽茫难征。

袁了凡推广的思想，使道德脱离了义务，成为一种奖罚体系，容易理解，也容易推行。它主张的功可以抵过，也让许多人颇觉从容。

中国的道德体系，本以戒条为核心，自晚明起，渐渐向功利主义转化，袁了凡首倡其功。鲁迅曾抱怨有人施恩如放债——当然如此。在新的体系里，行善是有所图，不行恶是有所畏。当然，新的体系并没有全面代替旧传统，不过它确实在中国人的道德生活中起着大作用。它也帮助维护古老的价值观，——尽管以背离传统的新功利论为内核，它的价值表本身仍是传统的。问题只是，一旦人们发现善恶难报，银行倒闭，这个体系——戒条体系也受其连累——也就崩溃在即了。

# 武训：不尝豆沫亦识味

　　对武训的评说，最牵强的，是以为他的兴办义学，有"思想根源"。流行的解释，是说他幼时羡慕书堂里的孩子，或受过士绅的气，明白了读书是改变处境的出路，或"天生爱教育"云。但古代流行的善举，还有修桥补路、斋僧济贫、盖福田院、刻济世书等，一个人为此而不为彼，实有偶然在里面，未必是一种刺激强于他种，使其必然。

　　武训从小随母讨饭，受过无数白眼。在旁人也还罢了，武训却是个自尊心极强的人。武训的一些行为，似乎毫不自重，如洗脸水要先饮后洗，甚至先洗后漱，又如他穿极脏衣服，吃极劣饭食（即使是在有条件不这样做之后）；但人当自尊心无以维护时，有时会倒行逆施，自残自贱。武训行乞兴学时，住在庙里，每晚回去，先大哭一场再睡觉，他的心事，时人未必留意。

　　当时的人不知有武训，只知有武七；"武训"是后来地方上向朝廷呈请旌奖时，给他现起的名字，取义"垂训于世"。更多的人，叫他"武二豆沫"，或简称豆沫。豆沫本是冀南鲁北的食品，用豆面、剩菜等物打一锅煮，又称"糊涂"。武豆沫早期给人的印象，便是迷糊。他打过长工，但自幼讨饭，不谙稼艺，能做的不过"出粪、锄草、拉砘子"数种。这样一来，既受东家呵斥，也为同辈看不起，一年也没挣到几文钱。

像他一样，沦落在底层的人，前后万千。武训是个特殊的人，乃发愤颠覆。他之选择办义学，更有可能是因为当时做此事的人最少。他把头发剃成横向的阴阳头，拿着一个褡裢，一个铜勺，沿街唱乞，打出兴学的旗帜。一开始，人皆以为他是疯魔，或是骗钱，稍久便成地方一景。所到之处，闲汉围来戏弄他，让他做各种难为之事，才给点小钱。武训地上爬过，让人骑过，吃过蛇蝎，吃过砖瓦甚至秽物。他唱道："吃个蒺藜真正好，修个义学错不了。"

他自奉极俭，每天只吃两个钱的馒头，时间长了，人都知道他不是骗钱。他的足迹，也出了县境，他的名气，传遍一府。他行乞时常混赖或强讹，但既为兴学，在人看来便是美事。用了各种办法，包括耍把戏卖线头，说媒拉纤，一文一文地攒钱，攒得多了，便请人帮他放贷收息。七八年后，买下一块盐荒地。又过了二十年，他已买下两百多亩学田，连同攒下的几千吊钱，拿去建了他的第一所义学，著名的"崇贤义塾"。

地方上出了这样一个大善人，一层层报告上去，朝廷按定例给予"乐善好施"的荣誉称号。此时武训还没有全国性的影响，但在山东，已经很有名气，和士绅、官员多有往来，再募资时，也用不着上街乞讨，而可直接找官绅劝捐。死后他的荣名稳定上升，入堂邑县的忠义祠，甚至附祀先贤，都是几年内的事。成为全国性的名人，当是在梁启超作《武训先生传》之后。维新派重教育，得武训如得至宝，推而论之，如果大家都以武训精神办教育，何事不成？武训由大善人变成大教育家，亦是时代之义。

武训是最坚忍的人。幼时备尝艰苦，立下一种志愿的人很多，像他这样奉行到底，不死不休的人极少。他很像一个布道士，只是他秉持的不是教义，而是某个微小的道理。地方官绅利用他增加乡里的名声，他利用他们完成自己的事业。那时的人不曾关心他的内心，时至今日，我们也很难推测他最初的动机，是否在后来有所嬗变，因为自出名后，他已经别无选择，就连自己那些著名的怪僻，也改变不得。何况一般来说，人们喜欢维持和谈论特出人物的怪僻，则其高明自有常人所不能学，其不高明又使常人不会恍然自失。

武训做成了他想做的事，用不着知道自己死后忽而成为"世界极光明极伟大的叫花子",忽而成为"奴颜婢膝的封建奴才",忽而平反昭雪,只差补发工资。成文史是戏剧化的东西,人被改编为角色,事件被解释为情节。个人的行为,或被拉做头上旗,或被弃为脚下泥。个人生活的意义,个人失去了所有权,帝王将相皆如此,何况一个不识字的武训。

# 木兰：唧唧唧唧复唧唧

今天的主角不是一位真实的历史人物。不得不说的是，所谓历史，至少有三种意思，既可能指曾发生过的事情，也可能指人们知道其曾发生过的事情，或指人们相信其曾发生的事情。神仙应该是没有的，但人们曾信其有，神仙也就有了某种历史的身份。

进过初中的人都念过《木兰诗》。它大约是北朝的民歌，曾经唐人的润色。木兰是诗中的角色，本是不该有问题的。这一形象既得人民爱戴，种种传说发生，伴以木兰乡、木兰陂之类，也是平常的事。但后来有人非要把木兰强领入另一种真实，遂至"拎不清"了。

先说名字。诗中只有"木兰"两字，是连姓带名，或只是名字，无法判断。百千年后，木兰姑娘忽然有了姓氏，且不止一种。在有的地方姓朱，在有些地方姓魏，有人说木兰是复姓，有人说本该姓沐。至明代徐渭作杂剧《雌木兰》，木兰得姓为花，乃有了今天的花木兰。

再说家世。木兰不是真实人物，"家世"云云，何从说起？但最简单的道理，也战胜不了混乱的头脑。在持"朱木兰"说的湖北黄陂，明清人给木兰发现了三种家世，第一种说，她父亲是某位"敦义朱公"；第二种说，是唐代的一个叫朱异的军官；第三种说得最详细，原来木兰的父亲叫朱寿甫，母亲姓赵，有两位兄弟，一个叫全思，一个叫孺生（顺便说一句，这些名字，一看就是后代的村夫子想出来的）。在持"魏木兰"说的河北完县，木兰的父亲是汉文帝时代的人，至于叫什么，北方人头脑简单，没想出来。

热闹的是乡贯。诗中没有给木兰编一个乡里，后人见有机会，攘臂而上。湖北古曾有木兰旧县，以及木兰山，木兰理所当然地落户黄州，据说至今还没有搬家。完县有古庙，本来供的是目奕（即"目连救母"的目连），因为音近，至元代讹为木兰庙，木兰有了第二种户口。第三个户口在亳州，第四个则在河南的虞城（此外还有几种，声势较小，不论）。这些"故里"，或早或晚，在元明清各代便有了，纷纷建祠。至一九八六年，"天降"石碑于延安，上书"花木兰之墓"，姑娘从此说西北话矣。

恶心的是大义。所谓仁者见仁，智者见智，龌龊的人，会发生龌龊的想象，恶俗的人，要牵天下同归于恶俗。木兰这一形象，到了元明，已被总结出忠孝礼智信，五大俱全。其尤不堪者，是元代一个叫侯有造的人，作了篇《孝烈将军祠像辨正记》，里边说，木兰回来后，天子要把她纳入后宫，木兰以为于礼不合，便以死相拒，自杀身亡。侯有造是乡里陋儒，文章写得半通不通，但这一杜撰，着实代表了许多人的心理，木兰也从此变成节烈的楷模了。明代一个知府便十分叹息，说木兰这样"正洁"的女士，可惜没有生在孔子之前，不然，她的诗篇，一定会给孔子采入《诗经》。完县则有另一种传说：木兰饮马于池，靴子被泥陷往，拔靴时露出"细小之足"，忧恐被人看到，羞惭而死。——编这类故事的人，从古至今，倒没听说曾有一个"羞惭而死"。

　　古人缺少艺术的自觉，而且只承认一种历史的真实，其欲把木兰捺到自己所熟悉的系统中，倒也能够理解。今人的意识进步多了，却会用另一种办法来破坏诗意。半个世纪以来，学者先是辩论木兰是否"劳动妇女"，是否"爱国女英雄"，后来商讨是否"反战"，是否代表"男女平等"，好端端的一首诗，化为另一种战场。或力证诗中的"黑山"在今天的北京十三陵一带，自是一说；细细一看，考证的目的却是为了说明木兰参加的是"反侵略战争"，当真令人眼前比黑山还黑。

　　而那些老争论，子虚小姐到底姓甚名谁，乌有之乡究竟在何州何府，至新经济时代，也以另一种面貌复活了。从目前的情势看，女英雄的后人，估计两三年内，便会注册；五年之后，木兰的 DNA，当可发现。

区分"历史"这一概念的不同含义，虽然简单，往往成为陷阱。看看红学目前的模样，便知道一种小的淆乱，是如何发展为完全的混沌。常识中的隐患，一旦发作，必至不可治而后已。

# 代后记：猫及其他

　　传统如猫。我今年养了一只猫，是很好的小猫，又美丽又滑稽，从头到尾，只有一个缺点，就是喜欢咬人。她高兴的时候咬人，生气的时候咬人，既不高兴也不生气的时候还咬人，而且她没有注射过疫苗（找不到肯给她打针的大夫），而且她曾是只野猫，有过可疑的户外生活史。我几次帮她改掉咬人的习惯，所用的手段，不外乎扑作教刑之类，通俗地说，就是她咬我一口，我敲她脑门一记，如此竞赛，看谁先挺不住。猫的力气小，所以逃的总是她。一两个小时之内，猫不咬人了，但也失去了活泼的脾气，缩在一边，像一只狗，又像含泪的好公民。我只好前去安慰，把手献出来，这时她架子已非常大，需要再三哄劝，才肯没精打采地咬上几口。如此试验几回，我放弃了，不再心存教化的念头，爱咬就咬吧，好在她不是一只狗。

　　习见以为，我们的传统，有好的部分，有不好的部分，需要做的，是把不好的部分挑出来送给别人，好东西留下受用。二十世纪，这样的事业大规模进行过几次，不知现在的人们是否同意，传统中的种种因素，根本就是分剖不开的，用个流行的比喻，就是一枚硬币——不，干脆是一张纸币的两面，你没办法削去一面，留下另一面，——或许你能做到，但至少在我的城市，这样的钱花不出去。

我们生活在一个粗鄙的时代，粗鄙到连我这个并不热爱自己的文化传统的人，也开始怀旧了。话说回来，传统之于我们那一代人，许多应当来自身影言响的，在我们是作为知识，从书本上看来的。好处是经过意志的过滤，不敢执必固之意，不好的地方，是说起来毕竟隔膜。细节的流失，使想象也空浮，有所架构，也悬在半空，哪天落下来，还得砸伤个什么人。

百年前新文化的先行者，不会想到事情会停在毛坯上。这当然不是他们的责任。那一代人喜谈改造民族性格，这本身就是古代的余风，因为宋元以降，要回避许多事情，便滔滔以"人性不够好啊"为辞。"民族性"是个不地道的概念，但不得不承认，在集体行为中，确实能呈现出一种类似性格的方式，未必能够还原到个人，而假如能够，也未必占统计的优势，然而人们一集中，这种方式就出来了。比如我们不愿承认的许多事情之一，是我们只是船上的乘客，也不掌舵，也不愿出力划桨，只在一边心怀嫉妒地发些牢骚，甚至威胁要把船钻一个洞；或再三检视账本，看都有谁是欠了自己的，利息若干；或宣称自己的包裹中有无数指引航向的宝贝，然又秘而不发；一边希望别人都失败，一边害怕万一轮到自己掌舵，实在无所措手足。这样一种性格，自然不是先行者所盼望的。

我成功地改掉了猫挠沙发的习惯，办法是提供给她专用的抓板。不过即使这样，猫路过沙发，偶尔还要起贼心，一边把爪子搭上去，一边斜眼看我，我颜色一动，她立刻飞奔逃掉。家中无人时猫会如何，我就不怎么放得下心了，因为曾偷眼见她深更半夜的，从睡梦中矍然而起，蹿到客厅挠几下沙发，然后溜回来，没事儿似的接着睡觉。第二天早晨，我去考察沙发，猫坐在旁边，义形于色，活像是沙发卫士，而非干过什么坏事的。

假如连抓板也不给呢？我不喜欢自己的传统，但比不高明的背景更不高明的，是没有背景。比如我不认为古代文人的生活方式有多优雅，但比不够优雅更不好的，是没有优雅的需要。古代的价值观问题最多，但比那更不好的，是没有价值观。近年流行的，是以十年为界，划分此代彼代，比如我，便应属于"六零代"。十年便敢称一个时代，那叫什么什么不知春秋，便短寿如猫，也不闻有如此壮怀。没有了参照系，自然不知道自己跑得有多快，或跬步以为千里，或蚁跃以为龙飞，前贤不起，后人则要胡卢而笑了。不过有些方面，是有点区别，比如我们这个年纪的人，从父辈那里听来的教训还是很多，当时是不愿意听的，以为左耳朵进右耳朵便出去了，现在知道，其实没有出去，藏了起来，但已经稀薄，勉强够自吹自擂，而不足以推恩子女了。五六十年代的人，大致如此，传统的中裂，便经这一代人而显著。

我曾想写本册子，名字叫《不必读书目》，虽经主持本书的尚红科兄一力怂恿，也没写出来，一来是懒，二来是怕得罪名教（但万一能写出来呢？先做个广告放在这里）。意思是古代的书，实在没有必读不可的，——所谓不必读，不是在吃饭穿衣的意义上，在那个意义上，世上本无必读书，而是指即便受着大学教育，专业之外的，也不必读。这本于鲁迅的说法，但在鲁迅先生，是以为古书害人，读之不如不读，我则以为在今天，古书已谈不上有多少害人的力量，只是大多无趣，无趣人读无趣书，岂不无趣到底？如有所需，不如翻翻百科，看看书目，里面会介绍每本书不妨知道的要点，年代作者，格言警句什么的，足够应付社交的需要。这样可以省出时间，看看别的书，或干脆去玩点什么。

这个时候，态度的两难是必然的。这叫赶上了，没办法，前不巴村，后不巴店，连穿件衣服都像是赁来的。

处在历史的附录中，个人生活越发显得重要，尽力把自己的日子过好，是我唯一敢于贡献的建议，只是怎么才算过好，人见人殊，那么这唯一的建议也就空洞了。

而且那是给普通人的建议，不敢呈献于大君子之门的。豪杰之士，在任何时候都要意气风发，不如此不能鼓舞别人参加他的游戏。我的猫每天凌晨都在床前吵闹，要把人唤起陪她玩耍，好在她只是一只猫，我可以忽略之，或者丢点什么东西过去，假如这是只老虎，可就十分不便了。所以我养猫，至于养虎，想也不曾想过，而我认识的一个人，只因生着一张老鼠脸，到现在也不敢养猫呢。